LE

RAYON-VERT

L'ÉCOLE

DES

ROBINSONS

PAR

JULES VERNE

en cours de publication dans le

MAGASIN ILLUSTRÉ

D'ÉDUCATION ET DE RÉCRÉATION

TOMES XXXVI ET XXXVII

ABONNEMENT d'un an : *Paris*, **14** fr. *Province*, **16** fr. — *Union postale*, **17** fr.

Contre mandat-poste, timbres-poste, chèque ou autre valeur à vue sur Paris. — Envoi *franco* d'un numéro spécimen.

Paris. — Imp. Gauthier-Villars, 55, quai des Grands-Augustins.

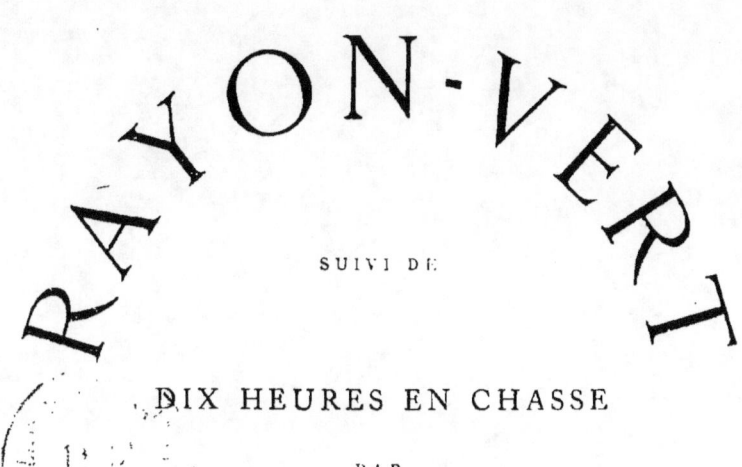

LE RAYON-VERT

SUIVI DE

DIX HEURES EN CHASSE

PAR

JULES VERNE

BIBLIOTHÈQUE
D'ÉDUCATION ET DE RÉCRÉATION
J. HETZEL ET Cie, 18, RUE JACOB

PARIS

LE

RAYON-VERT

I

« Bet !

— Beth !

— Bess !

— Betsey !

— Betty ! »

Tels furent les noms qui retentirent successivement dans le magnifique hall d'Helensburgh, — une manie du frère Sam et du frère Sib d'interpeller ainsi la femme de charge du cottage.

Mais, à ce moment, ces diminutifs familiers du mot Élisabeth ne firent pas plus apparaître l'excellente dame que si ses maîtres l'eussent appelée de son nom tout entier.

1

Ce fut l'intendant Partridge, en personne, qui se montra, sa toque à la main, à la porte du hall.

Partridge, s'adressant à deux personnages de bonne mine, assis dans l'embrasure d'une fenêtre, dont les trois pans à losanges vitrés faisaient saillie sur la façade de l'habitation :

« Ces messieurs ont appelé dame Bess, dit-il ; mais, dame Bess n'est pas au cottage.

— Où est-elle donc, Partridge ?

— Elle accompagne miss Campbell qui se promène dans le parc. »

Et Partridge se retira gravement sur un signe que lui firent les deux personnages.

C'étaient les frères Sam et Sib, — de leur véritable nom de baptême Samuel et Sébastian, — oncles de miss Campbell. Écossais de vieille roche, Écossais d'un antique clan des Hautes-Terres, à eux deux ils comptaient cent douze ans d'âge, avec quinze mois d'écart seulement entre l'aîné Sam et le cadet Sib.

Pour esquisser en quelques traits ces prototypes de l'honneur, de la bonté, du dévouement, il suffit de rappeler que leur existence tout entière avait été consacrée à leur nièce. Ils étaient frères de sa mère, qui, demeurée veuve après un an de mariage, fut bientôt emportée par une maladie foudroyante. Sam et Sib Melvill restèrent donc seuls, en ce monde, gardiens de la petite orpheline. Unis dans la même tendresse, ils ne vécurent, ne pensèrent, ne rêvèrent plus que pour elle.

Pour elle, ils étaient demeurés célibataires, d'ailleurs sans regret, étant de ces bons êtres, qui n'ont d'autre rôle à jouer ici-bas que celui de tuteur. Et encore n'est-ce pas assez dire : l'aîné s'était fait le père, le cadet s'était fait la mère de l'enfant. Aussi quelquefois arrivait-il à miss Campbell de les saluer tout naturellement d'un :

« Bonjour, papa Sam! Comment allez-vous, maman Sib? »

A qui pourrait-on le mieux les comparer, ces deux oncles, moins l'aptitude aux affaires, si ce n'est à ces deux charitables négociants, si bons, si unis, si affectueux, aux frères Cheeryble de la cité de Londres, les êtres les plus parfaits qui soient sortis de l'imagination de Dickens! Il serait impossible de trouver une plus juste ressemblance, et, dût-on accuser l'auteur d'avoir emprunté leur type au chef-d'œuvre de *Nicolas Nickleby*, personne ne pourra regretter cet emprunt.

Sam et Sib Melvill, alliés par le mariage de leur sœur à une branche collatérale de l'ancienne famille des Campbell, ne s'étaient jamais quittés. La même

éducation les avait faits semblables au moral. Ils
avaient reçu ensemble la même instruction dans le
même collège et dans la même classe. Comme ils
émettaient généralement les mêmes idées sur toutes
choses, en des termes identiques, l'un pouvait toujours achever la phrase de l'autre, avec les mêmes
expressions soulignées des mêmes gestes. En
somme, ces deux êtres n'en faisaient qu'un, bien
qu'il y eût quelque différence dans leur constitu-
tion physique. En effet, Sam était un peu plus
grand que Sib, Sib un peu plus gros que Sam ;
mais ils auraient pu échanger leurs cheveux gris,
sans altérer le caractère de leur honnête figure, où
se retrouvait empreinte toute la noblesse des descendants du clan de Melvill.

Faut-il ajouter que, dans la coupe de leurs vêtements, simples et d'ancienne mode, dans le choix
de leurs étoffes de bon drap anglais, ils apportaient
un goût semblable, si ce n'est, — qui pourrait expliquer cette légère dissemblance? — si ce n'est que
Sam semblait préférer le bleu foncé, et Sib le marron
sombre.

En vérité, qui n'eût voulu vivre dans l'intimité
de ces dignes gentlemen? Habitués à marcher du
même pas dans la vie, ils s'arrêteraient, sans doute,
à peu de distance l'un de l'autre, lorsque serait venue

l'heure de la halte définitive. En tout cas, ces deux
derniers piliers de la maison de Melvill étaient solides.
Ils devaient soutenir longtemps encore le vieil édifice
de leur race, qui datait du quatorzième siècle, —
temps épique des Robert Bruce et des Wallace,
héroïque période, pendant laquelle l'Écosse disputa
aux Anglais ses droits à l'indépendance.

Mais si Sam et Sib Melvill n'avaient plus eu l'occasion de combattre pour le bien du pays, si leur vie,
moins agitée, s'était passée dans le calme et l'aisance
que crée la fortune, il ne faudrait pas leur en faire
un reproche, ni croire qu'ils eussent dégénéré. Ils
avaient, en faisant le bien, continué les généreuses
traditions de leurs ancêtres.

Aussi, tous deux bien portants, n'ayant pas une
seule irrégularité d'existence à se reprocher, étaient-
ils destinés à vieillir, sans jamais devenir vieux, ni
d'esprit ni de corps.

Peut-être avaient-ils un défaut, — qui peut se
flatter d'être parfait? C'était d'émailler leur conversation d'images et citations empruntées au célèbre
châtelain d'Abbotsford, et plus particulièrement aux
poèmes épiques d'Ossian, dont ils raffolaient. Mais
qui pourrait leur en faire un reproche dans le pays
de Fingal et de Walter Scott?

Pour achever de les peindre d'une dernière touche, il convient de noter qu'ils étaient grands priseurs. Or, personne n'ignore que l'enseigne des marchands de tabac, dans le Royaume-Uni, représente le plus souvent un vaillant Écossais, la tabatière à la main, se pavanant dans son costume traditionnel. Eh bien, les frères Melvill auraient pu figurer avantageusement sur l'un de ces battants de zinc peinturluré, qui grincent à l'auvent des débits. Ils prisaient autant et même plus que quiconque en deçà comme au delà de la Tweed. Mais, détail caractéristique, ils n'avaient qu'une seule tabatière, — énorme, par exemple. Ce meuble portatif passait successivement de la poche de l'un dans la poche de l'autre. C'était comme un lien de plus entre eux. Il va sans dire qu'ils éprouvaient au même moment, dix fois par heure peut-être, le besoin de humer l'excellente poudre nicotique qu'ils faisaient venir de-France. Lorsque l'un tirait la tabatière des profondeurs de son vêtement, c'est que tous deux avaient envie d'une bonne prise, et s'ils éternuaient, de se dire : « Dieu nous bénisse ! »

En somme, deux véritables enfants, les frères Sam et Sib, pour tout ce qui concernait les réalités de la vie; assez peu au courant des choses pratiques de ce monde; en affaires industrielles, financières ou commerciales, absolument nuls et ne prétendant

point à les connaître ; en politique, peut-être Jaco-
bites au fond, conservant quelques préjugés contre
la dynastie régnante de Hanovre, songeant au dernier des Stuarts, comme un Français pourrait songer
au dernier des Valois ; dans les questions de sentiment, enfin, moins connaisseurs encore.

Et cependant les frères Melvill n'avaient qu'une
idée : voir clair dans le cœur de miss Campbell,
deviner ses plus secrètes pensées, les diriger s'il le
fallait, les développer si cela était nécessaire, et
finalement la marier à un brave garçon de leur
choix, qui ne pourrait faire autrement que de la
rendre heureuse.

A les en croire, — ou plutôt à les entendre parler,
— il paraît qu'ils avaient précisément trouvé le
brave garçon, auquel incomberait cette aimable
tâche ici-bas.

« Ainsi, Helena est sortie, frère Sib ?

— Oui, frère Sam ; mais voici cinq heures, et elle
ne peut tarder à rentrer au cottage...

— Et dès qu'elle rentrera...

— Je pense, frère Sam, qu'il sera à propos d'avoir
un entretien très sérieux avec elle.

— Dans quelques semaines, frère Sib, notre fille
aura atteint l'âge de dix-huit ans.

— L'âge de Diana Vernon, frère Sam. N'est-elle

pas aussi charmante que l'adorable héroïne de *Rob-Roy?*

— Oui, frère Sam, et par la grâce de ses manières...

— Le tour de son esprit...

— L'originalité de ses idées...

— Elle rappelle plus Diana Vernon que Flora Mac Ivor, la grande et imposante figure de *Waverley!* »

Les frères Melvill, fiers de leur écrivain national, citèrent encore quelques autres noms des héroïnes de l'*Antiquaire*, de *Guy Mannering*, de l'*Abbé*, du *Monastère*, de la *Jolie Fille de Perth*, du *Château de Kenilworth*, etc.; mais toutes, à leur sens, devaient céder le pas à miss Campbell.

« C'est un jeune rosier qui a poussé un peu vite, frère Sib, et auquel il convient...

— De donner un tuteur, frère Sam. Or, je me suis laissé dire que le meilleur des tuteurs...

— Doit évidemment être un mari, frère Sib, car il prend racine à son tour dans le même sol...

— Et pousse tout naturellement, frère Sam, avec le jeune rosier qu'il protège! »

A eux deux, les frères Melvill oncles avaient trouvé cette métaphore, empruntée au livre du *Parfait Jardinier*. Sans doute, ils en furent satisfaits, car elle amena le même sourire de contente-

ment sur leur bonne figure. La tabatière commune
fut ouverte par le frère Sib, qui y plongea délica-
tement ses deux doigts; puis elle passa dans la main
du frère Sam, lequel, après y avoir puisé une large
prise, la mit dans sa poche.

« Ainsi, nous sommes d'accord, frère Sam?

— Comme toujours, frère Sib!

— Même sur le choix du tuteur?

— En pourrait-on trouver un plus sympathique et
plus au gré d'Helena que ce jeune savant qui, à
diverses reprises, nous a manifesté des sentiments
si convenables...

— Et si sérieux à son égard!

— Ce serait difficile, en effet. Instruit, gradué
des Universités d'Oxford et d'Édimbourg...

— Physicien comme Tyndall...

— Chimiste comme Faraday...

— Connaissant à fond la raison de toutes choses
en ce bas monde, frère Sam...

— Et qu'on ne prendrait pas à court sur n'importe
quelle question, frère Sib...

— Descendant d'une excellente famille du comté
de Fife, et, d'ailleurs, possesseur d'une fortune suffi-
sante...

— Sans parler de son aspect fort agréable, à mon
sens, même avec ses lunettes d'aluminium! »

Les lunettes de ce héros eussent été en acier, en nickel ou même en or, que les frères Melvill n'auraient pas vu là un vice rédhibitoire. Il est vrai, ces appareils optiques vont bien aux jeunes savants, dont ils complètent à souhait la physionomie un peu sérieuse.

Mais ce gradué des Universités susdites, ce physicien, ce chimiste, conviendrait-il à miss Campbell? Si miss Campbell ressemblait à Diana Vernon, Diana Vernon, on le sait, n'éprouvait pour son savant cousin Rashleigh d'autre sentiment que celui d'une amitié contenue, et elle ne l'épousait point à la fin du volume.

Bon! cela n'était vraiment pas pour inquiéter les deux frères. Ils y apportaient toute l'inexpérience de vieux garçons, assez incompétents en de telles matières.

« Ils se sont déjà souvent rencontrés, frère Sib, et notre jeune ami n'a pas paru insensible à la beauté d'Helena!

— Je le crois bien, frère Sam! Le divin Ossian, s'il avait eu à célébrer ses vertus, sa beauté et sa grâce, l'eût appelée Moïna, c'est-à-dire aimée de tout le monde...

— A moins qu'il ne l'eût nommée Fiona, frère Sib, c'est-à-dire la belle sans égale des époques gaéliques!

— N'avait-il pas deviné notre Helena, frère Sam, lorsqu'il disait : « Elle quitte la retraite où elle « soupirait en secret, et paraît dans toute sa beauté « comme la lune au bord d'un nuage de l'O- « rient...

— « Et l'éclat de ses charmes l'environne comme « des rayons de lumière, frère Sib, et le bruit de « ses pas légers plaît à l'oreille comme une musique « agréable ! »

Heureusement, les deux frères, s'arrêtant là de leurs citations, retombèrent du ciel un peu nuageux des bardes dans le domaine des réalités.

« A coup sûr, dit l'un, si Helena plaît à notre jeune savant, lui ne peut manquer de plaire...

— Et si, de son côté, frère Sam, elle n'a pas encore accordé toute l'attention qui est due aux grandes qualités dont il a été si libéralement doué par la nature...

— Frère Sib, c'est uniquement parce que nous ne lui avons pas encore dit qu'il est temps de songer à se marier.

— Mais le jour où nous aurons seulement dirigé sa pensée vers ce but, en admettant qu'elle ait quelque prévention, sinon contre le mari, du moins contre le mariage...

— Elle ne tardera pas à répondre oui, frère Sam...

— Comme cet excellent Bénédict, frère Sib, qui, après avoir longtemps résisté...

— Finit, au dénouement de *Beaucoup de bruit pour rien*, par épouser Béatrix ! »

Voilà comment ils arrangeaient les choses, les deux oncles de miss Campbell, et le dénouement de cette combinaison leur semblait aussi naturel que celui de la comédie de Shakespeare.

Ils s'étaient levés d'un commun accord. Ils s'observaient avec un fin sourire. Ils se frottaient les mains en mesure. C'était une affaire conclue, ce mariage ! Quelle difficulté aurait pu surgir? Le jeune homme leur avait fait sa demande. La jeune fille leur ferait sa réponse, dont ils n'avaient même pas à se préoccuper. Toutes les convenances y étaient. Il n'y avait plus qu'à fixer la date.

En vérité, ce serait une belle cérémonie. Elle s'accomplirait à Glasgow. Par exemple, ce ne serait point à la cathédrale de Saint-Mungo, seule église de l'Écosse qui, avec Saint-Magnus des Orcades, ait été respectée à l'époque de la Réforme. Non ! Elle est trop massive, par conséquent trop triste pour un mariage, qui, dans la pensée des frères Melvill, devait être comme un épanouissement de jeunesse, un rayonnement d'amour. On choisirait plutôt Saint-Andrew ou Saint-Énoch, ou même Saint-George,

qui appartient au quartier le plus comme il faut de
la ville.

Le frère Sam et le frère Sib continuèrent à développer leurs projets sous une forme qui rappelait
plutôt le monologue que le dialogue, puisque c'était
toujours la même suite d'idées, exprimées de la
même façon. Tout en parlant, ils observaient à
travers les losanges de la vaste baie ces beaux arbres
du parc, sous lesquels miss Campbell se promenait
en ce moment ; ces plates-bandes verdoyantes enca-
drant des ruisseaux d'eaux vives ; ce ciel imprégné
d'une brume lumineuse, qui semble particulière aux
Highlands de l'Écosse centrale. Ils ne se regardaient pas, c'eût été inutile ; mais, de temps en
temps, par une sorte d'instinct affectueux, ils se
prenaient le bras, ils se serraient la main, comme
pour mieux établir la communication de leur pensée
au moyen de quelque courant magnétique.

Oui ! ce serait superbe ! On ferait grandement et
noblement les choses. Les pauvres gens de West-
George Street, s'il y en avait, — et où n'y en a-t-il
pas ? — ne seraient point oubliés dans la fête. Que,
par impossible, miss Campbell voulût que tout se
passât plus simplement, et, à ce sujet, faire entendre raison à ses oncles, ses oncles sauraient bien
lui tenir tête pour la première fois de leur vie. Ils

ne céderaient ni sur ce point, ni sur aucun autre.
Ce serait en grande cérémonie que les invités, au
repas des fiançailles, « boiraient à la poutre du toit »,
selon l'antique usage. Et le bras droit du frère Sam
se tendait à demi en même temps que le bras droit
du frère Sib, comme s'ils eussent échangé par
avance le fameux toast écossais.

En cet instant, la porte du hall s'ouvrit. Une
jeune fille, le rose aux joues sous l'animation d'une
course rapide, apparut. Sa main agitait un journal
déplié. Elle se dirigea vers les frères Melvill et les
honora de deux baisers chacun.

« Bonjour, oncle Sam, dit-elle.

— Bonjour, chère fille.

— Comment cela va-t-il, oncle Sib ?

— A merveille !

— Helena, dit le frère Sam, nous avons un petit
arrangement à prendre avec toi.

— Un arrangement ! Quel arrangement ? Qu'avez-
vous donc comploté, mes oncles ? demanda miss
Campbell, dont les regards, non sans quelque malice,
allaient de l'un à l'autre.

— Tu connais ce jeune homme, monsieur Aristobulus Ursiclos ?

— Je le connais.

— Te déplairait-il ?

— Pourquoi me déplairait-il, oncle Sam ?

— Alors te plairait-il ?

— Pourquoi me plairait-il, oncle Sib ?

— Enfin, frère et moi, après avoir réfléchi mûrement, nous pensons à te le proposer pour mari.

— Me marier ! moi ! s'écria miss Campbell, qui partit du plus joyeux éclat de rire que les échos du hall eussent jamais répété.

— Tu ne veux pas te marier ? dit le frère Sam.

— A quoi bon ?

— Jamais ?... dit le frère Sib.

— Jamais, répondit miss Campbell, en prenant un air sérieux que démentait sa bouche souriante, jamais, mes oncles... du moins tant que je n'aurai pas vu...

— Quoi donc ? s'écrièrent le frère Sam et le frère Sib.

— Tant que je n'aurai pas vu le Rayon-Vert. »

II

HELENA CAMPBELL.

Le cottage, habité par les frères Melvill et miss Campbell, était situé à trois milles de la petite bourgade d'Helensburgh, sur les bords du Gare-Loch, l'une de ces pittoresques indentations qui se creusent capricieusement sur la rive droite de la Clyde.

Pendant la saison d'hiver, les frères Melvill et leur nièce occupaient, à Glasgow, un vieil hôtel de West-George Street, dans le quartier aristocratique de la nouvelle ville, non loin de Blythswood Square. C'est là qu'ils demeuraient six mois de l'année, à moins qu'un caprice d'Helena, — à qui ils se soumettaient sans observation, — ne les entraînât en quelque déplacement de longue durée, du côté de l'Italie, de l'Espagne ou de la France. Au cours de ces voyages, ils continuaient à ne voir que par les yeux de la

jeune fille, allant où il lui plaisait d'aller, s'arrêtant
où il lui convenait de s'arrêter, n'admirant que ce
qu'elle admirait. Puis, lorsque miss Campbell avait
fermé l'album sur lequel elle consignait, soit d'un
trait de crayon, soit d'un trait de plume, ses impressions de voyageuse, ils reprenaient docilement
le chemin du Royaume-Uni, et rentraient, non sans
quelque satisfaction, dans la confortable habitation
de West-George Street.

Le mois de mai étant déjà vieux de trois semaines,
le frère Sam et le frère Sib ressentaient alors un immodéré désir de s'en aller à la campagne. Cela les
prenait juste au moment où miss Campbell manifestait elle-même le désir non moins immodéré de
quitter, avec Glasgow, le bruit d'une grande cité
industrielle, de fuir le mouvement des affaires, qui
refluait parfois jusqu'au quartier de Blythswood
Square, de revoir enfin un ciel moins enfumé, de
respirer un air moins chargé d'acide carbonique
que le ciel et l'air de l'antique métropole, dont les
lords du tabac, « Tobacco-Lords », ont fondé, il y a
quelques siècles, l'importance commerciale.

Toute la maison, maîtres et gens, partait donc
pour le cottage, distant d'une vingtaine de milles
au plus.

C'est un joli endroit, ce village d'Helensburgh.

On en a fait une station balnéaire, très fréquentée
de tous ceux auxquels leurs loisirs permettent de
varier les promenades de la Clyde par les excursions du lac Katrine et du lac Lomond, chers aux
touristes.

A un mille du village, sur les rives du Gare-Loch,
les frères Melvill avaient choisi la meilleure place
pour y élever leur cottage, à travers un fouillis
d'arbres magnifiques, au milieu d'un réseau d'eaux
courantes, sur un sol accidenté, dont le relief se
prêtait à tous les mouvements d'un parc. Ombrages
frais, gazons verdoyants, massifs variés, parterres
de fleurs, prairies dont « l'herbe hygiénique »
pousse spécialement pour des moutons privilégiés,
étangs avec leurs nappes d'un clair noir, peuplés
de cygnes sauvages, ces gracieux oiseaux dont
Wordsworth a dit :

> Le cygne flotte double, le cygne et son ombre !

enfin, tout ce que la nature peut réunir de merveilles
pour les yeux, sans que la main de l'homme se
trahisse en ses aménagements, telle était la résidence d'été de la riche famille.

Il faut ajouter que, de la partie du parc située
au-dessus de Gare-Loch, la vue était charmante. Au
delà de l'étroit golfe, à droite, le regard s'arrêtait

d'abord sur cette presqu'île de Rosenheat, où s'élève
une jolie villa italienne appartenant au duc d'Argyle. A gauche, la petite bourgade d'Helensburgh
dessinait la ligne ondulée de ses maisons littorales,
dominées par deux ou trois clochers, son pier élégant, allongé sur les eaux du lac pour le service
des bateaux à vapeur, et l'arrière-plan de ses coteaux
égayés de quelques habitations pittoresques. En
face, sur la rive gauche de la Clyde, Port-Glasgow,
les ruines du château de Newark, Greenock et sa
forêt de mâts empanachés de pavillons multicolores,
formaient un panorama très varié, dont les yeux
ne se détachaient pas sans peine.

Et cette vue était plus belle encore, avec le recul
des deux horizons, si l'on montait sur la principale
tour du cottage.

Cette tour carrée, avec poivrières légèrement suspendues à trois angles de sa plate-forme, agré-
mentée de créneaux et de machicoulis, ceinte à son
parapet d'une dentelle de pierre, se rehaussait au
quatrième angle par une tourelle octogonale. Là
se dressait le mât de pavillon, qui s'élève au toit de
toutes les habitations aussi bien qu'à la poupe de
tous les navires du Royaume-Uni. Cette sorte de
donjon, de construction moderne, dominait ainsi
l'ensemble des bâtiments qui constituaient le cot-

tage proprement dit, avec ses toits irréguliers, ses
fenêtres percées capricieusement, ses pignons mul-
tiples, ses avant-corps débordant les façades, ses
moucharabys collés aux fenêtres, ses cheminées ou-
vragées à leur faîte, — fantaisies souvent gracieuses
dont s'enrichit volontiers l'architecture anglo-
saxonne.

Or, c'est sur la dernière plate-forme de la tourelle,
sous le pli des couleurs nationales, déployées à la
brise du Firth of Clyde, que miss Campbell aimait
à rêver pendant des heures entières. Elle s'y était
arrangé un joli lieu de refuge, aéré comme un
observatoire, où elle pouvait lire, écrire, dormir par
tous les temps, à l'abri du vent, du soleil et de la
pluie. C'est là qu'il fallait le plus souvent la chercher. Si elle n'y était pas, c'est qu'alors sa fantaisie
l'égarait dans les allées du parc, tantôt seule, tantôt
accompagnée de dame Bess, à moins que son cheval
ne l'emportât à travers la campagne environnante,
suivie du fidèle Partridge, qui pressait le sien pour
ne point rester en arrière de sa jeune maîtresse.

Entre les nombreux domestiques du cottage, il
convient de distinguer plus spécialement ces deux
honnêtes serviteurs, attachés depuis leur bas âge à
la famille Campbell.

Élisabeth, la « Luckie », la mère, — ainsi que l'on

dit d'une femme de charge dans les Highlands, —
comptait à cette époque autant d'années qu'elle
portait de clefs à son trousseau, et il n'y en avait pas
moins de quarante-sept. C'était une véritable mé-
nagère, sérieuse, ordonnée, entendue, qui menait
toute la maison. Peut-être croyait-elle avoir élevé
les deux frères Melvill, bien qu'ils fussent plus âgés
qu'elle; mais, à coup sûr, elle avait eu pour miss
Campbell des soins maternels.

Près de cette précieuse intendante figurait l'Écossais Partridge, un serviteur absolument dévoué à
ses maîtres, toujours fidèle aux vieilles coutumes
de son clan. Invariablement vêtu du costume traditionnel des montagnards, il portait la toque bleue
bariolée, le kilt en tartan qui lui descendait jusqu'au
genou par-dessus le philibeg, le pouch, sorte de
bourse à longs poils, les hautes jambières, main-
tenues sous un losange de cordons, et les brogues
de peau de vache, dont il faisait ses sandales.

Une dame Bess pour conduire la maison, un Partridge pour la garder, que faut-il de plus à qui veut
être assuré de la tranquillité domestique en ce bas
monde?

On l'a remarqué, sans doute, au moment où Partridge vint répondre à l'appel des frères Melvill, il
avait dit en parlant de la jeune fille : miss Campbell.

C'est que si le brave Écossais l'eût nommée miss
Helena, c'est-à-dire par son nom de baptême, il
aurait commis une infraction aux règles qui mar-
quent les degrés hiérarchiques, — infraction que
désigne plus particulièrement le mot « snobisme ».

Jamais, en effet, la fille aînée ou la fille unique
d'une famille de la gentry, même au berceau, ne
porte le nom sous lequel elle a été baptisée. Si miss
Campbell eût été fille de pair, on l'aurait appelée
lady Helena; or, cette branche des Campbell, à
laquelle elle appartenait, n'était que collatérale et
très éloignée de la branche directe du paladin sir
Colin Campbell, dont l'origine remonte aux croi-
sades. Depuis bien des siècles, les ramifications,
sorties du tronc commun, s'étaient écartées de la
ligne du glorieux ancêtre, auquel se rattachent les
clans d'Argyle, de Breadalbane, de Lochnell et
autres; mais, de si loin que ce fût, Helena, par son
père, sentait couler dans ses veines un peu du sang
de cette illustre famille.

Cependant, pour n'être que miss Campbell, elle
n'en était pas moins une vraie Écossaise, une de
ces nobles filles de Thulé, aux yeux bleus et aux
cheveux blonds, dont le portrait gravé par Findon
ou Edwards, et placé au milieu des Minna, des
Brenda, des Amy Robsart, des Flora Mac Ivor, des

Diana Vernon, des miss Wardour, des Catherine
Glover, des Mary Avenel, n'eût pas déparé ces
keepsakes, où les Anglais aiment à réunir les plus
beaux types féminins de leur grand romancier.

En vérité, elle était charmante, miss Campbell. On
admirait sa jolie figure aux yeux bleus, — le bleu des
lacs d'Écosse, comme on dit, — sa taille moyenne,
mais élégante, sa démarche un peu fière, sa physionomie le plus souvent rêveuse, à moins qu'une
légère pointe d'ironie n'en vînt animer les traits,
toute sa personne enfin empreinte de grâce et de
distinction.

Et non seulement miss Campbell était belle, mais
elle était bonne. Riche par ses oncles, elle ne cherchait pas à paraître opulente. Charitable, elle s'ap-
pliquait à justifier le vieux proverbe gaélique :
« Puisse la main qui s'ouvre être toujours pleine ! »

Avant tout, attachée à sa province, à son clan, à
sa famille, on la connaissait pour une Écossaise de
cœur et d'âme. Elle eût donné le pas au plus infime
Sawney sur le plus important des John Bull. Sa fibre
patriotique vibrait comme la corde d'une harpe,
quand la voix d'un montagnard lui jetait à travers la
campagne quelque national pibroch des Highlands.

De Maistre a dit : « Il y a, en nous, deux êtres :
moi et l'autre. »

Le « moi » de miss Campbell, c'était l'être sérieux, réfléchi, envisageant la vie plus au point de vue de ses devoirs que de ses droits.

L' « autre », c'était l'être romanesque, un peu enclin aux superstitions, aimant les récits merveilleux qui éclosent si naturellement dans le pays de Fingal ; quelque peu parent des Lindamires, ces adorables héroïnes des romans de chevalerie, il courait les glens environnants pour entendre la « cornemuse de Strathdearne », ainsi que les Highlanders appellent le vent qui souffle à travers les allées solitaires.

Le frère Sam et le frère Sib aimaient également le « moi » et l' « autre » de miss Campbell ; mais il faut avouer, cependant, que si celui-là les charmait par sa raison, celui-ci n'était pas sans les dérouter parfois avec ses réparties inattendues, ses échappées capricieuses au milieu de l'azur, ses chevauchées subites dans le pays des rêves.

Et n'était-ce pas lui qui, à la proposition des deux frères, venait de faire une réponse si bizarre ?

« Me marier ! aurait dit « moi ». Épouser monsieur Ursiclos !... Nous verrons cela... nous en reparlerons !

— Jamais... tant que je n'aurai pas vu le Rayon-Vert ! » avait répondu « l'autre ».

Les frères Melvill se regardaient sans comprendre, et, pendant que miss Campbell s'installait sur
le grand fauteuil gothique dans l'embrasure de la
fenêtre :

« Qu'entend-elle par le Rayon-Vert? demanda le
frère Sam.

— Et pourquoi veut-elle voir ce rayon? » répondit
le frère Sib.

Pourquoi? On va le savoir.

III

L'ARTICLE DU « MORNING POST ».

Voici ce que les amateurs de curiosités physiques avaient pu lire dans le *Morning Post* de ce jour :

« Avez-vous quelquefois observé le soleil qui se couche sur un horizon de mer ? Oui ! sans doute. L'avez-vous suivi jusqu'au moment où, la partie supérieure de son disque effleurant la ligne d'eau il va disparaître ? C'est très probable. Mais avez-vous remarqué le phénomène qui se produit à l'instant précis où l'astre radieux lance son dernier rayon, si le ciel, dégagé de brumes, est alors d'une pureté parfaite ? Non ! peut-être. Eh bien, la première fois que vous trouverez l'occasion, — elle se présente très rarement, — de faire cette observation, ce ne sera pas, comme on pourrait le croire, un rayon rouge qui viendra frapper la rétine de votre œil, ce

sera un rayon « vert », mais d'un vert merveilleux,
d'un vert qu'aucun peintre ne peut obtenir sur sa
palette, d'un vert dont la nature, ni dans la teinte si
variée des végétaux, ni dans la couleur des mers
les plus limpides, n'a jamais reproduit la nuance!
S'il y a du vert dans le Paradis, ce ne peut être que
ce vert-là, qui est, sans doute, le vrai vert de l'Es-
pérance! »

Tel était l'article du *Morning Post*, le journal que
miss Campbell tenait à la main lorsqu'elle entra
dans le hall. Cette note l'avait tout simplement passionnée. Aussi fut-ce d'une voix enthousiaste qu'elle
lut à ses oncles les quelques lignes précitées, qui
chantaient sous une forme lyrique les beautés du
Rayon-Vert.

Mais, ce que miss Campbell ne leur dit pas,
c'est que précisément ce Rayon-Vert se rapportait
à une vieille légende, dont le sens intime lui avait
échappé jusqu'alors, légende inexpliquée entre tant
d'autres, née au pays des Highlands, et qui affirme
ceci : c'est que ce rayon a pour vertu de faire que
celui qui l'a vu ne peut plus se tromper dans les
choses de sentiment; c'est que son apparition détruit illusions et mensonges; c'est que celui qui a
été assez heureux pour l'apercevoir une fois, voit
clair dans son cœur et dans celui des autres.

Que l'on pardonne à une jeune Écossaise des Hautes-Terres la poétique crédulité que venait de raviver en son imagination la lecture de cet article du *Morning Post*.

En entendant miss Campbell, le frère Sam et le frère Sib se regardèrent avec une sorte d'ahurissement, en ouvrant de grands yeux. Jusqu'ici, ils avaient vécu sans avoir vu le Rayon-Vert, et ils s'imaginaient qu'on pouvait vivre sans le voir jamais. Il paraît que ce n'était pas l'avis d'Helena, qui prétendait subordonner l'acte le plus important de sa vie à l'observation de ce phénomène, unique entre tous.

« Ah! c'est là ce qu'on appelle le Rayon-Vert? dit le frère Sam, en remuant doucement la tête.

— Oui, répondit miss Campbell.

— Celui que tu veux absolument voir? dit le frère Sib.

— Que je verrai, avec votre permission, mes oncles, et le plus tôt possible, ne vous déplaise!

— Et ensuite, quand tu l'auras vu?...

— Quand je l'aurai vu, nous pourrons parler de monsieur Aristobulus Ursiclos. »

Le frère Sam et le frère Sib, se regardant à la dérobée, sourirent d'un petit air entendu.

« Allons voir le Rayon-Vert, dit l'un.

— Sans perdre un instant! » ajouta l'autre.

Miss Campbell les arrêta de la main, au moment où ils allaient ouvrir la fenêtre du hall.

« Il faut attendre que le soleil se couche, dit-elle.

— Ce soir, alors... répondit le frère Sam.

— Que le soleil se couche sur le plus pur des horizons, ajouta miss Campbell.

— Eh bien, après dîner, nous irons tous les trois à la pointe de Rosenheat... dit le frère Sib.

— Ou bien nous monterons tout simplement à la tour du cottage, ajouta le frère Sam.

— A la pointe de Rosenheat, comme à la tour du cottage, répondit miss Campbell, il n'y a d'autre horizon que celui du littoral de la Clyde. Or, c'est sur la ligne de la mer et du ciel qu'il faut observer le soleil à son coucher. Donc, avis à mes oncles d'avoir à me mettre en face de cet horizon dans le plus bref délai! »

Miss Campbell parlait si sérieusement, tout en leur adressant son plus joli sourire, que les frères Melvill ne pouvaient résister à une mise en demeure formulée en ces termes.

« Cela ne presse peut-être pas?... » crut cependant devoir faire observer le frère Sam.

Et le frère Sib vint à son aide en ajoutant :

« Nous aurons toujours le temps... »

Miss Campbell secoua gentiment la tête.

« Nous n'aurons pas toujours le temps, répondit-elle, et cela presse, au contraire !

— Serait-ce parce que, dans l'intérêt de monsieur Aristobulus Ursiclos... dit le frère Sam.

— Dont le bonheur, paraît-il, dépend de l'observation du Rayon-Vert... dit le frère Sib.

— C'est parce que nous sommes déjà au mois d'août, mes oncles ! répondit miss Campbell, et que les brouillards ne peuvent tarder à assombrir notre ciel d'Écosse ! C'est parce qu'il convient de profiter des belles soirées que la fin de l'été et le commencement de l'automne nous réservent encore ! — Quand partons-nous ? »

Il est certain que si miss Campbell voulait absolument voir, cette année, le Rayon-Vert, il n'y avait pas de temps à perdre. Se rendre immédiatement sur quelque point du littoral écossais exposé à l'ouest, s'y installer le plus confortablement possible, venir chaque soir observer le coucher du soleil, puis guetter son dernier rayon, c'était ce qu'il y avait à faire, sans attendre même un seul jour.

Peut-être alors, avec quelque chance, miss Campbell verrait-elle s'accomplir son désir un peu fantaisiste, si le ciel se prêtait à l'observation du

phénomène, — ce qui est rarissime, — ainsi que
le disait très justement le *Morning Post*.

Et il avait raison, le bien informé journal!

Tout d'abord, il s'agissait donc de chercher et de
choisir une portion de la côte occidentale, d'où le
phénomène pût être visible. Or, pour le trouver, il
fallait sortir du golfe de la Clyde.

En effet, toute cette embouchure, au large du
Firth of Clyde, est hérissée d'obstacles qui limitent
le champ de vue. Ce sont les Kyles de Bute, l'île
d'Arran, les presqu'îles de Knapdale et de Cantyre,
Jura, Islay, vaste éparpillement de roches cassées à
l'époque géologique, qui font une sorte d'archipel de
toute la partie occidentale du comté d'Argyle.
Impossible de trouver là un segment de l'horizon
de mer, sur lequel le regard puisse surprendre
quelque coucher de soleil.

Donc, pour ne point quitter l'Écosse, il convenait
d'aller plus au nord ou plus au sud, devant un
espace sans bornes, et cela avant les brumeux cré-
puscules de l'automne.

En quel lieu on irait, peu importait à miss Campbell. Côte d'Irlande, côte de France, côte de Norvège, côte d'Espagne ou de Portugal, elle se serait
indifféremment transportée là où l'astre radieux,
lorsqu'il se couche, l'eût saluée de ses derniers

rayons, et, que cela convînt ou non aux frères Melvill, il aurait bien fallu la suivre !

Les deux oncles se hâtèrent donc de prendre la parole, après s'être consultés du regard. Mais quel regard, et comme il était émérillonné d'une pointe de finesse diplomatique !

« Eh bien, ma chère Helena, dit le frère Sam, rien de plus aisé que de te satisfaire ! Allons à Oban.

— Il est évident que nulle part on ne trouverait mieux qu'Oban, ajouta le frère Sib.

— Va pour Oban, répondit miss Campbell. Mais y a-t-il un horizon de mer à Oban ?

— S'il y en a un ! s'écria le frère Sam.

— Plutôt deux qu'un ! s'écria le frère Sib.

— Eh bien, partons !

— Dans trois jours, dit l'un des oncles.

— Dans deux jours, dit l'autre, qui jugea opportun de faire cette légère concession.

— Non, dès demain, répondit miss Campbell, en se levant, au moment où sonnait la cloche du dîner.

— Demain... oui... demain ! ajouta le frère Sam.

— Nous voudrions y être déjà ! » répliqua le frère Sib.

Ils disaient vrai. Et pourquoi cette hâte ? C'est que Aristobulus Ursiclos était précisément en villégia-

ture à Oban depuis une quinzaine de jours. C'est
que miss Campbell, qui l'ignorait, se trouverait là
en présence de ce jeune homme, choisi parmi les
plus savants, et, ce dont les frères Melvill ne se dou-
taient guère, parmi les plus ennuyeux. C'est que,
pensaient les deux malins personnages, miss Campbell, après s'être inutilement fatigué la vue à
observer des couchers de soleil, renoncerait à sa
fantaisie et finirait par mettre sa main dans la main
de son fiancé. D'ailleurs, Helena l'eût-elle soup-
çonné, qu'elle fût partie quand même. La présence d'Aristobulus Ursiclos n'était point pour la
gêner.

« Bet !
— Beth !
— Bess !
— Betsey !
— Betty ! »

La série de ces noms retentit à nouveau dans
le hall ; mais cette fois dame Bess parut et reçut
ordre d'être prête, dès le lendemain, pour un départ
immédiat.

Il fallait se hâter, en effet. Le baromètre, qui se
trouvait au-dessus de trente pouces et trois dixièmes
(769^{mm}), promettait un beau temps de quelque
durée. En partant le lendemain matin, on arriverait

encore d'assez bonne heure à Oban pour observer le coucher du soleil.

Naturellement, pendant cette journée, dame Bess et Partridge furent des plus occupés en vue de ce départ. Les quarante-sept clefs de la femme de charge cliquetèrent dans la poche de sa jupe, comme les grelots d'une mule espagnole. Que d'armoires, que de tiroirs à ouvrir et surtout à fermer! Peut-être le cottage d'Helensburgh resterait-il longtemps vide? Ne fallait-il pas compter avec les caprices de miss Campbell? Et s'il plaisait à cette charmante personne de courir après son Rayon-Vert? Et si ce Rayon-Vert mettait quelque coquetterie à se cacher? Et si les horizons d'Oban n'offraient pas toute la pureté nécessaire à ce genre d'observation? Et s'il fallait chercher un autre poste astronomique sur un littoral plus méridional de l'Écosse, de l'Angleterre ou de l'Irlande, voire du continent! On partait le lendemain, c'était convenu, mais quand reviendrait-on au cottage? Dans un mois, dans six, dans un an, dans dix ans?

« Et pourquoi cette idée de voir le Rayon-Vert? demandait dame Bess, que Partridge aidait de son mieux.

— Je ne sais, répondait Partridge, mais cela doit avoir son importance, et notre jeune maîtresse ne

fait rien sans raison, vous le savez de reste, mavourneen. »

Mavourneen est une expression dont on se sert
volontiers en Écosse, — quelque chose comme
l'équivalent de « ma chère » en France, et il ne
déplaisait point à l'excellente femme de charge
d'être appelée de ce nom par le brave Écossais.

« Partridge, répondit-elle, je crois comme vous
que cette fantaisie de miss Campbell, dont on ne
se doutait guère, pourrait bien cacher quelque
pensée secrète.

— Laquelle ?

— Eh ! qui sait ? sinon un refus, du moins un
ajournement aux projets de ses oncles !

— En vérité, reprit Partridge, je ne sais pourquoi
messieurs Melvill se sont si fort entichés de ce
monsieur Ursiclos ! Est-ce bien le mari qui convient
à notre demoiselle ?

— Soyez certain, Partridge, répliqua dame Bess,
que s'il ne lui convient qu'à demi, elle ne l'épousera
pas du tout. Elle dira un joli non à ses oncles, en
leur mettant un baiser sur chaque joue, et ses oncles seront tout surpris d'avoir pu penser un instant
à ce prétendu, dont les prétentions ne me vont
guère !

— Ni à moi, mavourneen !

— Voyez-vous, Partridge, le cœur de miss Campbell est comme ce tiroir, bien fermé sous sa serrure
de sûreté. Elle seule en a la clef, et pour l'ouvrir, il
faut qu'elle la donne...

— Ou qu'on la lui prenne ! ajouta Partridge en
souriant d'un ton approbatif.

— On ne la lui prendra pas, à moins qu'elle ne
veuille la laisser prendre ! répondit dame Bess, et
que le vent emporte ma coiffe sur la pointe du clocher de Saint-Mungo, si jamais notre jeune demoiselle épouse ce monsieur Ursiclos !

— Un Méridional ! s'écria Partridge, un Southern,
qui, s'il est né en Écosse, a toujours vécu au sud de
la Tweed ! »

Dame Bess secoua la tête. Ces deux Highlanders
s'entendaient bien. C'est à peine si, pour eux, les
Basses-Terres faisaient partie de la vieille Calédonie, en dépit de tous les traités de l'Union. Allons,
décidément, ils n'étaient point partisans du mariage
projeté.

Ils espéraient mieux pour miss Campbell. Si les
convenances s'y trouvaient, les convenances ne
semblaient pas leur suffire.

« Ah ! Partridge, reprit dame Bess, les vieux
usages des montagnards étaient encore les meilleurs,
et, avec la coutume de nos anciens clans, je pense

que les mariages assuraient plus de bonheur jadis
qu'ils n'en donnent aujourd'hui !

— Vous n'avez jamais rien dit de plus vrai, mavourneen ! répondit gravement Partridge. Alors, on
cherchait un peu plus du côté du cœur, et beaucoup
moins du côté de la bourse ! L'argent, c'est bien,
sans doute, mais l'affection, c'est mieux !

— Oui, Partridge, et par-dessus tout, on voulait
se bien connaître avant de s'épouser ! Vous rappelez-
vous ce qui se passait à la foire de Saint-Olla, à
Kirkwall ? Pendant tout le temps qu'elle durait,
depuis le commencement du mois d'août, les jeunes
gens s'associaient par couples, et ces couples, on
les appelait « frère et sœur du premier août ! »
Frère et sœur, cela ne vous prépare-t-il pas tout
doucement à devenir mari et femme ? Et tenez,
nous voici précisément au jour où s'ouvrait autrefois la foire de Saint-Olla, que Dieu ramène !

— Puisse-t-il vous entendre ! répondit Partridge.
Monsieur Sam et monsieur Sib, eux-mêmes, s'ils
eussent été associés à quelque gentille Écossaise.
n'auraient point échappé au sort commun, et miss
Campbell compterait maintenant deux tantes de
plus dans la famille !

— J'en conviens, Partridge, répondit dame Bess,
mais essayez d'associer aujourd'hui miss Campbell

3

avec monsieur Ursiclos, et que la Clyde remonte d'Helensburgh à Glasgow, si leur association n'est pas rompue dans la huitaine ! »

Sans insister sur les inconvénients que pouvait offrir cette familiarité, autorisée par les usages de Kirkwall, qui ont disparu d'ailleurs, il faut se borner, à dire que les faits auraient peut-être donné raison à dame Bess. Mais, enfin, miss Campbell et Aristobulus Ursiclos n'étaient point frère et sœur du premier août, et si leur mariage se faisait jamais, les fiancés n'auraient pas été à même de se connaitre, comme s'ils eussent passé par les épreuves de la foire de Saint-Olla !

Quoi qu'il en soit, les foires sont instituées pour les affaires, non pour les mariages. Il faut donc laisser à leurs regrets dame Bess et Partridge, qui, tout en causant, ne perdaient pas une minute.

Le départ était décidé. Le lieu de villégiature avait été choisi. Dans les journaux du high-life, à la rubrique « déplacements et villégiature », les deux frères Melvill et miss Campbell allaient figurer, dès le lendemain, pour la station balnéaire d'Oban. Mais comment s'opérerait ce déplacement ? C'était la question à résoudre.

Deux voies différentes permettent de se rendre à cette petite ville, qui est située sur le détroit de Mull,

à quelque cent milles dans le nord-ouest de Glasgow.

La première est une route terrestre. On se rend
à Bowling, puis, par Dumbarton et la rive droite de
la Leven, on touche à Balloch, extrémité du Lomond ;
on traverse le plus beau des lacs d'Écosse, avec sa
trentaine d'îles, entre ses rives historiques, emplies
du souvenir des Mac-Gregor et des Mac-Farlane,
en plein pays de Rob-Roy et de Robert Bruce ; on
arrive à Dalmaly ; de là, par une route qui circule au
flanc des montagnes, le plus souvent à mi-côte, do-
minant des torrents ou des fiords, à travers ces premiers ressauts de la chaîne des Grampians, au
milieu des glens couverts de bruyères, accidentés de
sapins, de chênes, de mélèzes et de bouleaux, le touriste émerveillé descend sur Oban, dont le littoral
n'a rien à envier aux plus pittoresques de tout
l'Atlantique.

C'est là une excursion charmante, que tout voyageur en Écosse a faite ou doit faire ; mais d'horizon de mer, il n'y en a point sur ce parcours. Aussi
les frères Melvill, qui proposèrent à miss Campbell de la prendre, en furent-ils pour leur proposition.

La seconde route est à la fois fluviale et maritime. Descendre la Clyde jusqu'au golfe auquel elle

a donné son nom, naviguer entre les îles et les îlots, qui font de ce capricieux archipel comme une énorme main de squelette, appliquée sur cette portion de l'Océan, puis remonter par la droite de cette main jusqu'au port d'Oban, c'était là de quoi tenter miss Campbell, pour qui l'adorable pays du lac Lomond et du lac Katrine n'avait plus de secret. D'ailleurs, à travers l'entre-deux des îles, au lointain des détroits et des golfes, il y avait des échappées de vue vers l'ouest; le périmètre s'y accusait par une ligne d'eau. Eh bien, au coucher du soleil, pendant la dernière heure de cette traversée, si aucune brume ne voilait l'horizon, serait-il donc impossible d'apercevoir ce Rayon-Vert, dont la projection dure à peine un cinquième de seconde?

« Vous comprenez, oncle Sam, dit miss Campbell, vous comprenez, oncle Sib, il ne faut qu'un instant! Donc, si j'ai vu ce que je veux voir, le voyage est fini, et il est inutile d'aller s'installer à Oban. »

Voilà précisément ce qui ne faisait pas l'affaire des frères Melvill. Ils voulaient s'installer quelque temps à Oban, — on sait pourquoi, — et ne tenaient point à ce qu'une trop prompte apparition du phénomène dérangeât leurs projets.

Néanmoins, comme miss Campbell avait voix prépondérante au chapitre et qu'elle vota pour la

route maritime, celle-ci fut choisie de préférence
à la route terrestre.

« Au diable ce Rayon-Vert! dit le frère Sam,
lorsque Helena eut quitté le hall.

— Et ceux qui l'ont imaginé! » répondit le frère
Sib.

IV

EN DESCENDANT LA CLYDE.

Le lendemain, 2 août, à la première heure, miss Campbell, accompagnée des frères Melvill, suivie de Partridge et de dame Bess, montait dans le train à la station du railway d'Helensburgh. Il fallait aller prendre à Glasgow le bateau à vapeur qui, dans son service quotidien de la métropole à Oban, ne fait point escale à ce point de la côte.

A sept heures, le train déposait les cinq voyageurs à la gare d'arrivée de Glasgow, et une voiture les conduisait à Broomielaw Bridge.

Là, le steamer *Columbia* attendait ses passagers; de ses deux cheminées s'échappait une fumée noire qui se mêlait aux brumes encore épaisses de la Clyde; mais toutes ces vapeurs matinales commençaient à se résoudre, et le disque plombé du soleil se nuan-

çait déjà de quelques teintes d'or. C'était le début
d'une belle journée.

Miss Campbell et ses compagnons, après que leurs
bagages eurent été mis à bord, s'embarquèrent aussitôt.

En ce moment, la cloche envoyait aux retarda-
taires son troisième et dernier appel. Puis, le mécanicien balança sa machine, les palettes des roues,
mues en avant, en arrière, soulevèrent de gros bouil-
lons jaunâtres, un long coup de sifflet retentit, les
amarres furent larguées, et le *Columbia* prit rapidement le fil du courant.

Dans le Royaume-Uni, les touristes auraient
mauvaise grâce à se plaindre. Ce sont de magnifiques
bâtiments que les compagnies de transport mettent
partout à leur disposition. Il n'est si mince cours
d'eau, si petit lac, si infime golfe, qui ne soit sillonné
chaque jour d'élégants bateaux à vapeur. Rien d'étonnant, donc, à ce que la Clyde soit des plus favorisées sous ce rapport. Aussi le long de Broomielaw
Street, aux cales du Steam-boat Quay, les steamers,
leurs tambours peints des plus vives couleurs, où
l'or le dispute au cinabre, stationnent-ils en grand
nombre, toujours fumant, prêts à partir en toutes
directions.

Le *Columbia* ne faisait point exception à la règle.

Très long, très effilé de l'avant, très fin dans ses
lignes d'eau, pourvu d'une machine puissante action-
nant des roues d'un large diamètre, c'était un bateau de grande marche. A l'intérieur, tout le com-
fort possible dans ses salons et ses salles à manger;
sur le pont, un vaste spardeck, abrité d'une tente
aux légers lambrequins, avec des bancs et des sièges
aux coussins moelleux, — véritable terrasse, en-
tourée d'une élégante rambarde, sur laquelle les passagers se trouvaient en belle vue et en bon air.

Les voyageurs ne manquaient pas. Ils venaient un
peu de partout, aussi bien de l'Écosse que de l'Angleterre. Ce mois d'août est par excellence le mois des
excursions. Entre toutes, celles de la Clyde et des Hébrides sont particulièrement recherchées. Il y avait
là de ces familles au grand complet, dont l'union
avait été généreusement bénie du ciel; des jeunes
filles très gaies, des jeunes gens plus calmes, des
enfants habitués déjà aux surprises du tourisme;
puis des pasteurs, toujours fort nombreux à bord des
steamers, le haut chapeau de soie sur la tête, la
longue redingote noire à collet droit, le liséré de
la cravate blanche au châle du gilet; puis, plusieurs
fermiers, coiffés de la toque écossaise, et rappelant
par leurs allures un peu lourdes les anciens « Bonnet-
lairds » d'il y a quelque soixante ans; enfin, une

demi-douzaine d'étrangers, de ces Allemands qui ne
perdent rien de leur poids, même au dehors de l'Alle-
magne, et deux ou trois de ces Français que n'abandonne jamais leur amabilité géniale, même hors de
France.

Si miss Campbell eût ressemblé à la plupart
de ses compatriotes, qui s'asseyent en quelque coin,
dès qu'elles sont embarquées, et ne bougent de tout
e voyage, elle n'aurait vu des rives de la Clyde que
ce qui serait passé devant ses yeux, sans même
remuer la tête. Mais elle aimait à aller, à venir,
tantôt à l'arrière du steamer, tantôt à l'avant, regardant les villes, bourgs, villages, hameaux, dont ces
rives sont incessamment semées. D'où cette conséquence, que le frère Sam et le frère Sib, qui l'ac-
compagnaient, lui répondant, approuvant ses observations, confirmant ses remarques, ne devaient pas
prendre une heure de repos entre Glasgow et Oban.
D'ailleurs, ils ne songeaient point à s'en plaindre,
cela rentrait dans leur fonction de gardes-du-corps,
et ils suivaient d'instinct, en échangeant quelques
bonnes prises, qui les maintenaient en belle humeur.

Dame Bess et Partridge, ayant pris place à la partie
antérieure du spardeck, causaient amicalement du
temps passé, des usages perdus, des vieux clans en
désorganisation. Où étaient ces siècles d'autrefois

3

à jamais regrettables? A cette époque, les purs horizons de la Clyde ne disparaissaient pas derrière l'ex-
pectoration carbonifère des usines, ses rives ne re-
tentissaient pas du coup sourd des marteaux-pilons,
ses eaux calmes ne se troublaient jamais sous l'effort
de quelques milliers de chevaux-vapeur!

« Ce temps reviendra, et peut-être plus tôt qu'on ne
le pense! dit dame Bess d'un ton convaincu.

— Je l'espère, répondit gravement Partridge, et
avec lui nous reverrons les vieilles coutumes de nos
ancêtres! »

Cependant les bords de la Clyde se déplaçaient
rapidement de l'avant à l'arrière du *Columbia*,
comme les sites d'un panorama mouvant. A droite,
se montrèrent le village de Patrick, sur l'embouchure du Kelvin, et les vastes docks, destinés à la
construction des navires en fer, qui font vis-à-vis à
ceux de Govan, situés sur la rive opposée. Que de
bruits de ferraille, que de volutes de fumée et de
vapeur, si déplaisants aux oreilles et aux yeux de
Partridge et de sa compagne!

Mais tout ce fracas industriel, tout ce brouillard
de charbon, allait cesser peu à peu. A la place des
chantiers, des cales couvertes, des hautes cheminées
de fabriques, de ces gigantesques échafaudages de
fer, qui ressemblent aux cages d'une ménagerie de

mastodontes, apparurent de coquettes habitations, des cottages enfouis sous les arbres, des villas du type anglo-saxon, dispersées sur les collines vertes. C'était comme une succession ininterrompue de maisons de campagne et de châteaux, qui se déroulait d'une cité à l'autre.

Après l'ancien bourg royal de Renfrew, situé sur la gauche du fleuve, les collines boisées de Kilpatrick se profilèrent, à droite, au-dessus du village de ce nom, devant lequel un Irlandais ne peut passer sans se découvrir : là est né saint Patrice, le protecteur de l'Irlande.

La Clyde, de fleuve qu'elle avait été jusqu'alors, commençait à devenir un véritable bras de mer. Dame Bess et Partridge saluèrent les ruines de Dunglas-Castle, qui rappellent quelques vieux souvenirs de l'histoire d'Écosse ; mais leurs yeux se détournèrent de l'obélisque, élevé en l'honneur de Harry Bell, l'inventeur du premier bateau mécanique, dont les roues troublèrent ces eaux paisibles.

Quelques milles plus loin, les touristes, leur Murray à la main, contemplaient le château de Dumbarton, qui se dresse à plus de cinq cents pieds sur son rocher basaltique. Des deux cônes de son sommet, le plus élevé porte encore le nom de « Trône de Wallace », l'un des héros des luttes de l'indépendance.

A ce moment, un gentleman, du haut de la passerelle, — sans que personne l'en eût prié, mais aussi
sans que personne songeât à le trouver mauvais, —
crut devoir faire une petite conférence historique
pour l'instruction de ses compagnons de voyage.
Une demi-heure après, il n'était plus permis à un
seul passager du *Columbia*, à moins d'être sourd,
d'ignorer que, très probablement, les Romains
avaient fortifié Dumbarton ; que ce rocher historique
se transforma en forteresse royale au commencement de treizième siècle ; que, sous le bénéfice du
pacte de l'Union, il compte parmi les quatre places
du royaume d'Écosse qui ne peuvent être déman-
telées ; que, de ce port, Marie Stuart, en 1548,
partit pour la France, dont son mariage avec Fran-
çois II allait la faire « reine d'un jour » ; que là,
enfin, Napoléon avait dû être renfermé, en 1815,
avant que le ministère Castlereagh n'eût résolu de
l'emprisonner à Sainte-Hélène.

« Voilà qui est fort instructif, dit le frère Sam.

— Instructif et intéressant, répondit le frère Sib.
Ce gentleman mérite tous nos éloges ! »

Et, de fait, les deux oncles n'avaient pas cru
devoir perdre un seul mot de la conférence. Aussi
accordent-ils quelques marques de satisfaction au
professeur improvisé.

Miss Campbell, absorbée dans ses réflexions, n'avait rien entendu de cette leçon d'histoire courante. Cela, en ce moment du moins, n'était point pour l'intéresser. Elle ne donna même pas un regard, sur la droite du fleuve, aux ruines du château de Cardross, où mourut Robert Bruce. Un horizon de mer, voilà ce que cherchaient vainement ses yeux; mais ils ne pouvaient l'apercevoir avant que le *Columbia* se fût dégagé de cette succession de rives, de promontoires et de coteaux qui limitent le golfe de Clyde. D'ailleurs, le steamer passait alors devant la bourgade d'Helensburgh. Port-Glasgow, les restes du château de Newark, la presqu'île de Rosenheat, c'était ce que la jeune châtelaine voyait chaque jour des fenêtres de son cottage. Aussi se demandait-elle si le steamer ne naviguait pas sur les capricieux cours d'eau du parc.

Et plus loin, pourquoi sa pensée aurait-elle été se perdre au milieu des centaines de navires qui se pressaient dans les bassins de Greenock, à l'embouchure du fleuve? Que lui importait que l'immortel Watt fût né dans cette ville de quarante mille habitants, qui est comme l'antichambre industrielle et commerciale de Glasgow? Pourquoi, trois milles au delà, eût-elle arrêté ses regards sur le village de Gourock à gauche, sur le village de Dunoon à droite

sur les fiords dentelés et sinueux, qui mordent si
profondément les cordons littoraux du comté d'Argyle, échancré comme une côte de Norvège?

Non! miss Campbell cherchait impatiemment des
yeux la tour en ruines de Leven. S'attendait-elle à
y voir apparaître quelque lutin? Pas le moins du
monde; mais elle voulait être la première à signaler
le phare de Clock, qui éclaire la sortie du Firth of
Clyde.

Le phare apparut enfin, comme une gigantesque
lampe, au tournant de la rive.

« Clock, oncle Sam, dit-elle, Clock, Clock!

— Oui, Clock! répondit le frère Sam, avec la
précision d'un écho des Highlands.

— La mer, oncle Sib!

— La mer, en effet, répondit le frère Sib.

— Que cela est beau! » répétèrent les deux
oncles.

On aurait pu croire qu'ils la voyaient pour la première fois!

Il n'y avait pas d'erreur possible : à l'ouvert du
golfe, c'était bien un horizon de mer.

Cependant le soleil n'avait pas encore dépassé le
milieu de sa course diurne. Sous le cinquante-sixième
parallèle, sept heures, au moins, devaient donc
s'écouler avant qu'il ne disparût sous les flots, —

sept heures d'impatience pour miss Campbell! D'ailleurs cet horizon se dessinait dans le sud-ouest,
c'est-à-dire sur un segment d'arc que l'astre radieux n'effleure qu'à l'époque du solstice d'hiver. Ce
n'était donc pas là qu'il fallait chercher l'apparition
du phénomène; ce serait plus à l'ouest, et même un
peu au nord, puisque les premiers jours du mois
d'août précèdent de six semaines l'équinoxe de septembre.

Mais peu importait. C'était la mer, qui se développait maintenant devant le regard de miss Campbell. A travers l'entre-deux des îles Cumbray, au
delà de la grande île de Bute, dont le profil s'adou-
cissait d'une estompe légère, au delà des petites crêtes
d'Aisla-Craig et des montagnes d'Arran, la ligne du
ciel et de l'eau se traçait, au large, avec la netteté
d'un trait fait au tire-ligne.

Miss Campbell l'observait, tout entière à sa pensée,
sans prononcer une parole. Debout sur la passerelle, immobile, le soleil lui faisait à ses pieds
une ombre très raccourcie. Elle semblait mesurer
la longueur de l'arc, qui le séparait encore du point
où son disque éclatant irait se tremper dans les
eaux de l'archipel hébridique... Pourvu qu'à ce
moment le ciel, si pur alors, ne fût pas obscurci
de vapeurs crépusculaires!

Une voix tira la jeune rêveuse de sa rêverie.

« Il est l'heure, dit le frère Sib.

— L'heure ? quelle heure, mes oncles ?

— L'heure du déjeuner, dit le frère Sam.

— Allons déjeuner ! » répondit miss Campbell.

V

D'UN BATEAU A L'AUTRE.

Après le repas, demi-froid, demi-chaud, — un excellent déjeuner à la mode anglaise, qui fut servi dans le « dining-room » du *Columbia*, — miss Campbell et les frères Melvill remontèrent sur le pont.

Helena ne put retenir un cri de désappointement, lorsqu'elle eut repris sa place sur le spardeck.

« Et mon horizon ! » dit-elle.

Il faut bien en convenir, son horizon n'était plus là. Il avait disparu depuis quelques minutes. Le steamer, cap au nord, remontait en ce moment le long détroit des Kyles of Bute.

« C'est mal, cela, oncle Sam ! dit miss Campbell, avec une petite moue de reproche.

— Mais, ma chère fille...

— Je m'en souviendrai, oncle Sib ! »

Les deux frères ne savaient que répondre, et pourtant, on ne pouvait s'en prendre à eux si le *Columbia*, après avoir modifié sa direction, pointait alors dans le nord-ouest.

En effet, il y a deux routes très différentes pour aller de Glasgow à Oban par mer.

L'une, — celle que n'avait pas suivie le *Columbia*, — est la plus longue. Après avoir fait escale à Rothesay, le chef-lieu de l'île de Bute, dominée par son vieux château du onzième siècle, encadrée à l'ouest de hauts glens qui la défendent des mauvais vents du large, le steamer peut continuer à descendre le golfe de Clyde, puis longer le littoral est de l'île, passer en vue de la grande et de la petite Cumbray, et s'avancer en cette direction jusqu'à la partie méridionale de l'île d'Arran, qui appartient presque tout entière au duc d'Hamilton, depuis la base de ses roches jusqu'à la cime du Goatfell, à près de huit cents mètres au-dessus du niveau de la mer. Alors le timonier donne un coup de barre, la ligne de foi du compas est mise au rhumb de l'ouest, on double l'île d'Arran, on tourne le grand doigt de la presqu'île de Cantyre, on en remonte la côte occidentale, on s'enfonce dans le Gigha-passage, à travers le détroit du Sund, creusé entre les îles d'Islay et de Jura, et on arrive à ce secteur largement ouvert du Firth of

Lorn, dont l'angle rétréci va se fermer un peu au-
dessus d'Oban.

En somme, si miss Campbell avait quelque raison
de se plaindre que le *Columbia* n'eût pas pris cette
route, peut-être aussi les deux oncles auraient-ils
lieu de le regretter. En effet, en longeant le littoral
d'Islay, à leurs yeux serait apparue cette ancienne
résidence des Mac Donald, qui, au début du dix-sep-
tième siècle, vaincus et chassés, durent céder la
place aux Campbell. Devant le théâtre d'un fait historique qui les touchait de si près, les frères Melvill,
sans parler de dame Bess et de Partridge, eussent
senti battre leur cœur à l'unisson.

Quant à miss Campbell, cet horizon tant regretté
se fût dessiné plus longtemps à ses regards. En effet,
depuis la pointe d'Arran jusqu'au promontoire de
Cantyre, c'est la mer au sud; depuis le Mull de Cantyre jusqu'à l'extrémité d'Islay, c'est la mer à l'ouest,
c'est-à-dire cette immensité liquide que la côte américaine limite seule à trois mille milles de là.

Mais cette route est longue, quelquefois pénible,
sinon dangereuse, et il a fallu compter avec ceux
des touristes qu'effrayent les éventualités d'une traversée, souvent inclémente, lorsqu'il faut refouler
une houle un peu forte dans ces parages des Hébrides.

Aussi les ingénieurs, — Lesseps au petit pied, — ont-ils eu la pensée de faire une île de cette presqu'île de Cantyre. Grâce à leurs travaux, le canal de Crinan a été creusé dans sa partie nord ; il abrège le voyage de deux cents milles au moins, et il ne faut pas plus de trois à quatre heures pour le franchir.

C'est par cette voie que le *Columbia* allait achever la traversée de Glasgow à Oban, entre les lochs et les détroits, n'ayant d'autres aspects que des grèves, des forêts, des montagnes. De tous les passagers, miss Campbell, sans doute, fut la seule à regretter l'autre itinéraire ; mais il lui fallut bien se résigner. D'ailleurs, cet horizon de mer, ne devait-elle pas le retrouver un peu au delà du canal de Crinan, quelques heures plus tard, et bien avant que le soleil n'eût été l'effleurer de son disque ?

Au moment où les touristes, qui s'étaient attardés au « dining-room », remontaient sur le pont, le *Columbia* rasait, à l'entrée du loch Ridden, la petite île d'Elbangreig, dernière forteresse où se réfugia le duc d'Argyle, avant que ce héros, écrasé dans la lutte pour l'affranchissement politique et religieux de l'Écosse, n'allât à Édimbourg porter sa tête au couteau de la guillotine écossaise. Puis, le steamer revint au sud, descendit le détroit de Bute, au milieu de cet admirable panorama d'îles arides ou boisées,

dont une légère brume estompait les rudes profils.
Enfin, après avoir doublé le cap Ardlamont, il reprit
direction vers le nord, à travers le loch Fyne, laissa
à gauche le village d'East-Tarbert sur la côte de
Cantyre, rangea le cap Ardrishaig et atteignit, au
bourg de Lochgilphead, l'entrée du canal de Crinan.

En cet endroit, il fallut abandonner le *Columbia*,
trop grand pour la navigation du canal. Cette percée,
dont les pentes sont rachetées par quinze écluses, ne
peut admettre, pendant ses neuf milles de longueur,
que d'étroits bâtiments d'un faible tirant d'eau.

Un petit bateau à vapeur, *le Linnet*, attendait les
passagers du *Columbia*. Le transbordement s'opéra
en quelques minutes. Chacun s'installa, peu à l'aise,
sur le spardeck du steamer; puis, le *Linnet* fila rapidement entre les bords du canal, pendant qu'un
« bagpiper », un joueur de cornemuse, vêtu du costume national, faisait résonner son instrument. Rien
de mélancolique comme ces chants bizarres, soute-
nus par la basse monotone de trois bourdons, dont
le développement n'emploie que les intervalles d'une
gamme majeure, à laquelle manque la sensible,
comme dans les vieux airs des siècles passés.

Une charmante traversée que celle de ce canal,
tantôt percé entre de hautes berges, tantôt accroché
au flanc d'une colline couverte de bruyères, ici s'al-

longeant en pleine campagne, là contenu entre les
étroits murs des biefs. Il y a quelque temps d'arrêt
dans les sas. Tandis que les pontonniers éclusent
rapidement le bateau, les jeunes gens, les jeunes
filles, les enfants du pays, viennent poliment offrir
aux touristes du lait fraîchement tiré, parlant cet
idiome gaélique dont les Celtes se servaient jadis,
— langage souvent incompréhensible, même aux
Anglais.

Six heures après, il y avait eu un retard de deux
heures à une écluse qui fonctionnait mal, — les
hameaux, les fermes de cette région un peu triste,
les immenses marais de l'Add, qui s'étendent sur la
droite du canal, avaient été dépassés. Le *Linnet* s'arrêtait un peu après le village de Ballanoch. Un second
transbordement s'opérait. Les passagers du *Columbia*, devenus les passagers du *Glengarry*, remontaient
dans le nord-ouest pour sortir de la baie de Crinan
et doubler la pointe sur laquelle s'élève l'ancien
château féodal de Duntroon-Castle.

Depuis l'échappée entrevue au tournant de l'île
de Bute, la ligne de mer n'avait pas encore reparu.

On devine aisément ce que devait être l'impatience
de miss Campbell. Sur ces eaux bornées de toutes
parts, elle aurait pu se croire en pleine Écosse, dans
la région des lacs, au milieu du pays de Rob-Roy.

Partout des îles pittoresques, avec leurs molles ondulations, leurs plants de bouleaux et de mélèzes.

Enfin le *Glengarry* dépassa la pointe nord de l'île Jura, et la mer se montra jusqu'à la base du ciel, entre cette pointe et l'îlot de Scarba, qui s'en détache.

« La voilà, ma chère Helena! dit le frère Sam, dont la main se tendit vers l'ouest.

— Ce n'était pas notre faute, ajouta le frère Sib, si ces maudites îles, que le vieux Nick confonde, l'ont un instant cachée à tes yeux!

— Vous êtes tout pardonnés, mes oncles, répondit miss Campbell, mais que ceci ne nous arrive plus! »

VI

LE GOUFFRE DE CORRYVREKAN.

Il était alors six heures du soir. Le soleil n'avait encore parcouru que les quatre cinquièmes de sa course. Très certainement, le *Glengarry* serait arrivé à Oban avant que l'astre du jour ne se fût couché dans les eaux de l'Atlantique. Miss Campbell était donc fondée à croire que ses vœux seraient comblés ce soir même. En effet, le ciel, sans nuages ni vapeurs, semblait fait exprès pour l'observation du phénomène, et l'horizon de mer devait rester visible entre les îles Oronsay, Colonsay, Mull, pendant cette dernière partie de la traversée.

Mais un incident très imprévu allait quelque peu retarder la marche du steamer.

Miss Campbell, possédée par son idée fixe, immobile à la même place, ne perdait pas de vue la ligne

circulaire, qui se tendait entre les deux îles. A l'affleurement du ciel, la réverbération dessinait un
triangle d'argent, dont les dernières nuances venaient mourir au flanc du *Glengarry*.

Sans doute miss Campbell était la seule à bord
dont les regards fussent obstinément fixés sur cette
partie de l'horizon ; aussi fut-elle la seule qui re-
marqua combien la mer semblait être agitée entre
la pointe et l'île Scarba. En même temps, un bruit
lointain de lames entre-choquées arrivait jusqu'à
elle. Cependant, c'était à peine si la brise soulevait
quelques rides sur les eaux presque visqueuses, tant
elles étaient calmes, que coupait l'étrave du steamer.

« D'où viennent donc ce trouble et ce bruit ? » demanda miss Campbell, en s'adressant à ses oncles.

Les frères Melvill eussent été fort empêchés de
lui répondre, car ils ne comprenaient pas plus qu'elle
ce qui se passait de là, à trois milles, dans l'étroite
passe.

Miss Campbell, s'adressant alors au capitaine du
Glengarry, qui se promenait sur la passerelle, lui
demanda quelle était la cause de ce fracas des eaux
et de leur agitation.

« Un simple phénomène de marée, répondit le
capitaine. Ce que vous entendez, c'est le bruit du
gouffre de Corryvrekan.

4

— Mais le temps est magnifique, fit observer miss Campbell, et c'est à peine si la brise se fait sentir.

— Aussi ce phénomène ne dépend-il point du temps, répondit le capitaine. C'est un effet de la mer montante, qui, au sortir du Jura-Sund, ne trouve d'issue qu'entre les deux îles de Jura et de Scarba. De là vient que le flot s'y précipite avec une violence extrême, et il serait fort dangereux à une embarcation de petit tonnage de s'y aventurer. »

Le gouffre de Corryvrekan, justement redouté dans ces parages, est cité comme l'un des plus curieux endroits de l'archipel des Hébrides. Peut-être pourrait-on le comparer au raz de Sein, formé par le rétrécissement de la mer entre la chaussée de ce nom et la baie des Trépassés, sur la côte de Bretagne, et au raz Blanchart, à travers lequel se déversent les eaux de la Manche, entre Aurigny et la terre de Cherbourg. La légende affirme qu'il doit son nom à un prince scandinave, dont le navire y périt dans les temps celtiques. En réalité, c'est un passage dangereux, où bien des bâtiments ont été entraînés à leur perte, et qui, pour la mauvaise réputation de ses courants, peut le disputer au sinistre Maelström des côtes de Norvège.

Cependant miss Campbell ne cessait de regarder les violentes fluctuations de ce raz, lorsque son attention fut plus particulièrement attirée sur un point du détroit. Là, on aurait pu croire qu'un roc émergeait au milieu de la passe, si sa masse ne se fût élevée et abaissée avec les ondulations de la houle.

« Voyez, voyez, capitaine, dit miss Campbell, si ce n'est pas un rocher, qu'est-ce donc?

— En effet, répondit le capitaine, ce ne peut être qu'une épave, entraînée par les courants, ou plutôt... »

Et prenant sa lunette :

« Une embarcation! s'écria-t-il.

— Une embarcation! répondit miss Campbell.

— Oui!... Je ne me trompe pas!... Une chaloupe en perdition sur les eaux du Corryvrekan! »

A ces paroles du capitaine, les passagers s'étaient aussitôt portés sur la passerelle. Ils regardaient dans la direction du gouffre. Qu'une embarcation eût été entraînée dans la passe, il n'y avait plus aucun doute possible. Prise par les courants de la marée montante, engagée dans l'attraction des remous, elle courait à une perte certaine.

Tous les regards étaient fixés sur ce point du gouffre, à quatre ou cinq milles du *Glengarry*.

« Ce n'est probablement qu'une chaloupe en dérive, fit observer un des passagers.

— Mais non! j'aperçois un homme, répondit un autre.

— Un homme... deux hommes ! » s'écria Partridge, qui était venu se placer près de miss Campbell.

En effet, il y avait là deux hommes. Ils n'étaient plus maîtres de cette embarcation. Avec le peu de brise qui venait de terre, leur voile n'aurait pu les tirer des remous, et les avirons eussent été impuissants à les rejeter hors de l'attraction du Corryvrekan.

« Capitaine ! s'écria miss Campbell, nous ne pouvons laisser périr ces malheureux !... Ils sont perdus, si on les abandonne à eux-mêmes !... Il faut aller à leur secours !... Il le faut !... »

Tous à bord avaient la même pensée, et tous attendaient la réponse du capitaine.

« Le *Glengarry*, dit celui-ci, ne peut s'aventurer jusqu'au milieu du Corryvrekan ! Mais, peut-être, en se rapprochant, arriverait-il à portée de cette chaloupe ! »

Et, se retournant vers les passagers, il semblait leur demander un signe d'approbation.

Miss Campbell alla vers lui. »

« Il le faut, capitaine, il le faut !... s'écria-t-elle d'une voix ardente. Mes compagnons de voyage le voudront comme moi !... Il s'agit de la vie de deux hommes, que vous pourrez peut-être sauver... Oh ! capitaine !... Je vous en prie !...

— Oui !... oui ! » s'écrièrent quelques-uns des passagers, émus par la chaleureuse intervention de cette jeune fille.

Le capitaine reprit sa lunette, observa attentivement la direction des courants de la passe ; puis, s'adressant à l'homme de barre, posté près de lui sur la passerelle :

« Attention à gouverner ! dit-il. La barre à tribord ! »

Sous l'action du gouvernail, le steamer mit le cap à l'ouest. Le mécanicien reçut l'ordre de forcer de vapeur, et le *Glengarry* ne tarda pas à laisser sur la gauche la pointe de l'île Jura.

Personne ne parlait à bord. Tous les yeux étaient anxieusement fixés sur l'embarcation, qui devenait plus visible.

Ce n'était qu'une petite chaloupe de pêche, dont le mât avait été amené, afin d'éviter le contre-coup des secousses provoquées par le choc violent des lames.

Des deux hommes qui se trouvaient dans cette chaloupe, l'un était étendu à l'arrière ; l'autre, faisant force de rames, essayait de sortir du centre d'attraction des eaux. S'il n'y réussissait pas, tous deux étaient perdus.

Une demi-heure après, le *Glengarry* arrivait à la

4.

limite du Corryvrekan, et commençait à tanguer for-
tement sur les premières lames; mais personne, à
bord, ne réclamait, bien que la rapidité des courants
fût de nature à effrayer de simples touristes.

En effet, dans cette partie du détroit, la mer était
uniformément blanche, comme s'il eût soufflé une
brise à trois ris. On ne voyait qu'une immense nappe
d'écume, que le peu de profondeur des eaux, heurtant
le haut fond, soulevait en masses énormes.

La chaloupe n'était plus qu'à un demi-mille. Des
deux hommes, celui qui se courbait sur les avirons,
faisait de suprêmes efforts pour se dégager du remous. Il comprenait bien que le *Glengarry* venait à
son secours, mais il comprenait aussi que le steamer
ne pourrait pas s'engager beaucoup plus avant, et
que c'était à lui de le rejoindre. Quant à son compagnon, immobile à l'arrière, il semblait qu'il fût privé
de sentiment.

Miss Campbell, en proie à la plus vive émotion, ne
quittait pas du regard cette embarcation en détresse
qu'elle avait été la première à signaler sur les eaux
du gouffre, et vers laquelle, grâce à son instante
prière, se dirigeait maintenant le *Glengarry*.

Cependant la situation s'aggravait. On pouvait
craindre que le steamer n'arrivât pas à temps. Il ne
marchait plus déjà qu'à petite vitesse, de manière à

éviter quelque avarie grave, et, pourtant, les lames,
embarquant par l'avant, menaçaient déjà d'atteindre
les claires-voies de la chaufferie, dont elles auraient
pu éteindre les feux, — éventualité redoutable au
milieu de ces courants de foudre.

Le capitaine, appuyé aux montants de la passerelle, veillait à ne pas s'écarter du chenal, et ma-
nœuvrait habilement, de façon à ne point venir en
travers.

La chaloupe, cependant, ne parvenait pas à se dégager des remous. A de certains moments, elle dis-
paraissait tout à coup derrière quelque énorme
brisant; à d'autres, saisie par les courants concen-
triques du gouffre, dont la vitesse s'accroissait pro-
portionnellement à leur rayon, elle filait circulairement avec la rapidité d'une flèche ou plutôt d'une
pierre tournoyant au bout de la fronde.

« Plus vite! plus vite! » répétait miss Campbell,
qui ne pouvait se contenir.

Mais, à la vue de ces masses déferlantes, quelques passagères laissaient déjà échapper des cris
d'effroi. Le capitaine, comprenant la responsabilité
qu'il encourait, hésitait à continuer sa marche à travers la passe du Corryvrekan.

Et cependant, entre la chaloupe et le *Glengarry*,
il y avait à peine la distance d'une demi-encâblure,

soit trois cents pieds; aussi pouvait-on aisément reconnaître les malheureux que cette embarcation entraînait à leur perte.

C'était un vieux marin et un jeune homme, le premier étendu à l'arrière, le second luttant aux avirons.

En ce moment, une violente lame assaillit le steamer, et rendit sa situation assez difficile.

En effet, le capitaine ne pouvait aller plus avant dans la passe, et il dut manœuvrer, non sans grand' peine, de manière à se maintenir debout au courant avec quelques tours de roue.

Soudain l'embarcation, après s'être balancée à la crête d'une lame, glissa de côté et disparut.

Il n'y eut qu'un cri à bord, un cri d'épouvante!...

L'embarcation avait-elle sombré? Non. Elle remonta sur le dos d'une autre lame, et un nouvel effort des avirons la rejeta du côté du steamer.

« Hardi! hardi! » crièrent les marins postés à l'avant.

Et ils balançaient une glène de cordes, en guettant l'instant de l'envoyer.

Soudain, le capitaine, voyant une embellie entre deux remous, donna à la machine l'ordre de forcer de vapeur. La vitesse du *Glengarry* s'accentua, et il s'engagea hardiment entre les deux îles, pendant que

la chaloupe gagnait encore quelques brasses de son
côté.

Les cordes furent alors lancées, saisies, tournées
au pied de mât; puis, le *Glengarry* fit machine en
arrière, afin de se dérober plus rapidement, pendant
que l'embarcation, rangée à son flanc, le suivait à la
remorque.

En ce moment, le jeune homme, abandonnant les
avirons, alla soulever son compagnon dans ses bras,
et, les matelots du steamer aidant, ce vieux marin
fut hissé à bord.

Frappé d'un violent coup de mer, pendant que
tous deux étaient entraînés dans la passe, il avait
été mis dans l'impossibilité de seconder les efforts
du jeune homme, qui n'avait plus eu à compter que
sur lui-même.

Cependant celui-ci venait de sauter sur le pont
du *Glengarry*. Il n'avait rien perdu de son sang-
froid, sa figure était calme, et toute son attitude
montrait que le courage moral ne lui était pas moins
naturel que le courage physique.

Tout aussitôt il s'empressait de faire donner des
soins à son compagnon. C'était le patron de la chaloupe, qu'un bon verre de brandy ne tarda pas à
remettre sur pied.

« Monsieur Olivier! dit-il.

— Ah! mon vieux matelot, répondit le jeune homme, et ce coup de mer?...

— Ce n'est rien! J'en ai vu bien d'autres! Déjà il n'y paraît plus!...

— Grâce au ciel!... mais mon imprudence à vouloir toujours aller plus avant a failli nous coûter cher!... Enfin nous voilà sauvés!

— Avec votre aide, monsieur Olivier!

— Non... avec l'aide de Dieu! »

Et le jeune homme, pressant le vieux marin sur sa poitrine, ne cherchait point à cacher son émotion qui gagnait les témoins de cette scène.

Puis, se retournant vers le capitaine du *Glengarry*, au moment où celui-ci descendait de la passerelle :

« Capitaine, dit-il, je ne sais comment reconnaître le service que vous nous avez rendu...

— Monsieur, je n'ai fait que mon devoir, et, pour tout dire, mes passagers ont plus de droit que moi à vos remerciements. »

Le jeune homme serra cordialement la main du capitaine ; puis, retirant son chapeau, il salua les passagers d'un geste gracieux.

A coup sûr, sans l'arrivée du *Glengarry*, son compagnon et lui, entraînés jusqu'au centre du Corryvrekan, eussent été perdus.

Cependant miss Campbell, pendant cet échange

de politesses, avait cru devoir se retirer un peu à
l'écart. Elle ne voulait pas qu'il fût question de la
part qu'elle avait prise au dénouement de ce drama-
tique sauvetage. Aussi se tenait-elle sur l'avant de la
passerelle, lorsque, tout à coup, comme si sa fantaisie se fût réveillée, ces mots lui échappèrent, au
moment où elle se retournait vers le couchant :

« Et le rayon?... Et le soleil?

— Plus de soleil! dit le frère Sam.

— Plus de rayon ! » dit le frère Sib.

Il était trop.tard. Le disque, qui venait de disparaître derrière un horizon d'une admirable pureté,
avait lancé son rayon vert dans l'espace! Mais, à cet
instant, la pensée de miss Campbell était ailleurs,
et son œil distrait avait manqué cette occasion, qui
ne se retrouverait de longtemps peut-être!

« C'est dommage! » murmura-t-elle, sans trop
de dépit pourtant, en songeant à tout ce qui venait
de se passer.

Cependant le *Glengarry* évoluait pour sortir de la
passe du Corryvrekan et reprenait sa route vers le
nord. A ce moment, le vieux marin, après une dernière poignée de main donnée à son compagnon,
regagna sa chaloupe et fit voile pour l'île Jura.

Quant au jeune homme, dont le « dorlach », sorte
de porte-manteau de cuir, avait été mis à bord, c'é-

tait un touriste de plus que le *Glengarry* transportait
à Oban.

Le steamer, laissant à droite les îles de Shuna et
de Luing, où se creusent les riches ardoiseries du
marquis de Breadalbane, longea l'île Seil, qui défend
cette partie de la côte écossaise ; bientôt après, s'en-
gageant dans le Firth of Lorn, il prit entre l'île volcanique de Kerrera et la franche terre ; puis, aux
dernières lueurs du crépuscule, il jetait ses amarres
de poste à l'estacade du port d'Oban.

VII

ARISTOBULUS URSICLOS.

Quand bien même Oban eût attiré un aussi grand concours de baigneurs sur ses plages, que les stations si fréquentées de Brighton, de Margate ou de Rams-gate, un personnage de la valeur d'Aristobulus Ursi-clos n'aurait pu y passer inaperçu.

Oban, sans se placer à la hauteur de ses rivales, est une ville de bains fort recherchée des oisifs du Royaume-Uni. Sa situation sur le détroit de Mull, à l'abri des vents d'ouest, dont l'île Kerrera arrête l'action directe, attire nombre d'étrangers. Les uns viennent se retremper dans ses eaux salutaires; les autres s'y installent comme en un point central, d'où rayonnent les itinéraires pour Glasgow, Inverness et les plus curieuses îles des Hébrides. Il faut ajou-ter ceci : c'est qu'Oban n'est point, ainsi que tant

5

d'autres stations balnéaires, une sorte de cour d'hô-
pital ; la plupart de ceux qui veulent y passer la
saison chaude sont bien portants, et on ne risque
pas, comme en certaines villes d'eaux, d'y faire son
whist avec deux malades et « un mort ».

Oban compte à peine cent cinquante ans d'existence. Elle offre donc dans la disposition de ses
places, l'agencement de ses maisons, le percement
de ses rues, un cachet tout moderne. Cependant
l'église, sorte de construction normande, surmontée
d'un joli clocher, le vieux château de Dunolly, habillé de lierre, dont la masse se dresse sur un roc
détaché de sa pointe nord, son panorama d'habitations blanches et de villas multicolores, qui s'éta-
gent sur les collines de l'arrière-plan, enfin les eaux
tranquilles de sa baie, sur lesquelles viennent mouiller d'élégants yachts de plaisance, tout cet ensemble
présente un pittoresque coup d'œil.

Cette année-là, en ce mois d'août, les étrangers,
touristes ou baigneurs, ne manquaient pas à la petite
ville d'Oban. Sur les registres de l'un des meilleurs
hôtels, depuis quelques semaines déjà, on pouvait
lire, entre autres noms, plus ou moins illustres, le
nom d'Aristobulus Ursiclos, de Dumfries (Basse-
Écosse).

C'était un « personnage » de vingt-huit ans, qui

n'avait jamais été jeune et probablement ne serait
jamais vieux. Il était évidemment né à l'âge qu'il
devait paraître avoir toute sa vie. De tournure, ni
bien ni mal; de figure, très insignifiant, avec des
cheveux trop blonds pour un homme; sous ses lunettes, l'œil sans regard du myope; un nez court,
qui ne semblait pas être le nez de son visage. Des
cent trente mille cheveux que doit porter toute tête
humaine, d'après les dernières statistiques, il ne lui
en restait plus guère que soixante mille. Un collier
de barbe encadrait ses joues et son menton, — ce
qui lui donnait une face quelque peu simiesque. S'il
avait été un singe, c'eût été un beau singe, — peut-
être celui qui manque à l'échelle des Darwinistes
pour raccorder l'animalité à l'humanité.

Aristobulus Ursiclos était riche d'argent et encore
plus riche d'idées. Trop instruit pour un jeune savant,
qui ne sait qu'ennuyer les autres de son instruction
universelle, gradué des Universités d'Oxford et
d'Édimbourg, il avait plus de science physique,
chimique, astronomique et mathématique que de
littérature. Au fond, très prétentieux, il ne s'en fallait de presque rien qu'il ne fût un sot. Sa principale manie, ou sa monomanie, comme on voudra,
c'était de donner à tort et à travers l'explication de
tout ce qui rentrait dans des choses naturelles; enfin

une sorte de pédant, de relation désagréable. On ne riait pas de lui, parce qu'il n'était pas risible, mais peut-être s'en riait-on, parce qu'il était ridicule. Personne n'eût été moins digne que ce faux jeune homme de s'approprier la devise des francs-maçons anglais : *Audi, vide, tace.* Il n'écoutait pas, il ne voyait rien, il ne se taisait jamais. En un mot, pour emprunter une comparaison qui est de circonstance dans le pays de Walter Scott, Aristobulus Ursiclos, avec son industrialisme tout positif, rappelait infiniment plus le bailli Nicol Jarvie que son poétique cousin Rob-Roy Mac-Gregor.

Et quelle fille des Highlands, sans en excepter miss Campbell, n'eût préféré Rob-Roy à Nicol Jarvie?

Tel était Aristobulus Ursiclos. Comment les frères Melvill avaient-ils pu s'enticher de ce pédant, au point d'en vouloir faire leur neveu par alliance? Comment avait-il plu à ces dignes sexagénaires? Peut-être uniquement parce qu'il était le premier qui leur eût fait une ouverture de ce genre à propos de leur nièce. Dans une sorte de ravissement naïf, le frère Sam et le frère Sib s'étaient dit, sans doute :

« Voilà un jeune homme riche, de bonne famille, libre de la fortune que les héritages de ses parents et de ses proches ont accumulée sur sa tête, de plus, extraordinairement instruit! Ce sera un excellent

parti pour notre chère Helena! Ce mariage ira tout
seul, et les convenances y sont, puisqu'il nous convient! »

Là-dessus, ils s'étaient offert une bonne prise,
puis ils avaient refermé la tabatière commune avec
un petit bruit sec, qui semblait dire :

« Voilà une affaire faite! »

Aussi les frères Melvill se regardaient-ils comme
très malins d'avoir, grâce à cette bizarre fantaisie
du Rayon-Vert, amené miss Campbell à Oban. Là,
sans que cela parût avoir été préparé, elle pourrait
reprendre avec Aristobulus Ursiclos la suite des en-
trevues que son absence avait dû momentanément
suspendre.

C'était pour les plus beaux appartements de Caledonian Hotel que les frères Melvill et miss Campbell
avaient échangé le cottage d'Helensburgh. Si leur
séjour devait se prolonger à Oban, peut-être serait-
il convenable de louer quelque villa sur les hauteurs
qui dominent la ville; mais, en attendant, avec
l'aide de dame Bess et de Partridge, tous étaient
confortablement installés dans l'établissement de
maître Mac-Fyne. On verrait plus tard.

C'est donc du vestibule de Caledonian Hotel, situé
sur la plage, presque en face de l'estacade, que les
frères Melvill sortirent dès neuf heures du matin, le

lendemain même de leur arrivée. Miss Campbell
reposait encore dans sa chambre du premier étage,
sans se douter que ses oncles allaient à la recherche
d'Aristobulus Ursiclos.

Ces deux inséparables descendirent sur la plage,
et, sachant que leur « prétendant » demeurait dans
l'un des hôtels bâtis au nord de la baie, ils se diri-
gèrent de ce côté.

Il faut bien admettre qu'une sorte de pressentiment
les guidait. En effet, dix minutes après leur départ,
Aristobulus Ursiclos, qui faisait sa promenade scientifique de chaque matin en suivant le dernier relai
de la marée, les rencontrait et échangeait avec eux
une de ces poignées de main banales et purement
automatiques.

« Monsieur Ursiclos! dirent les frères Melvill.

— Messieurs Melvill! répondit Aristobulus, de ce
ton de commande qui joue la surprise. Messieurs
Melvill... ici... à Oban?

— Depuis hier soir! dit le frère Sam.

— Et nous sommes heureux, monsieur Ursiclos,
de vous voir en parfaite santé, dit le frère Sib.

— Ah! fort bien, messieurs. — Vous connaissez
sans doute la dépêche qui vient d'arriver?

— La dépêche? dit le frère Sam. Est-ce que le
ministère Gladstone serait déjà?...

— Il ne s'agit point du ministère Gladstone, répondit assez dédaigneusement Aristobulus Ursiclos, mais bien d'une dépêche météorologique.

— Ah vraiment! répondirent les deux oncles.

— Oui! on annonce que la dépression de Swinemunde a marché vers le nord en se creusant sensiblement. Son centre est aujourd'hui près de Stockholm, où le baromètre, en baisse d'un pouce, soit vingt-cinq millimètres, — pour employer le système décimal en usage chez les savants, — marque seulement vingt-huit pouces et six dixièmes, soit sept cent vingt-six millimètres. Si la pression varie peu en Angleterre et en Écosse, elle a baissé d'un dixième hier à Valentia et de deux dixièmes à Stornoway.

— Et de cette dépression?... demanda le frère Sam.

— Il faut conclure?... ajouta le frère Sib.

— Que le beau temps ne se maintiendra pas, répondit Aristobulus Ursiclos, et que le ciel, se chargeant bientôt avec les vents du sud-ouest, nous apportera les vapeurs du Nord-Atlantique. »

Les frères Melvill remercièrent le jeune savant de leur avoir fait connaître ces intéressants pronostics, et en déduisirent que le Rayon-Vert pourrait bien se faire attendre, — ce dont ils ne furent pas autrement fâchés, puisque ce retard prolongerait leur séjour à Oban.

« Et vous êtes venus, messieurs?... » demanda Aristobulus Ursiclos, après avoir ramassé un silex qu'il examina avec une extrême attention.

Les deux oncles se gardèrent bien de le troubler dans cette étude.

Mais lorsque le silex eut été accroître la collection que renfermait déjà la poche du jeune savant :

« Nous sommes venus avec le dessein bien naturel de passer quelque temps ici, dit le frère Sib.

— Et nous devons ajouter, dit le frère Sam, que miss Campbell nous a accompagnés...

— Ah!... miss Campbell! répondit Aristobulus Ursiclos. — Je crois que ce silex est de l'époque gaélique. Il s'y trouve des traces... — En vérité, je serai enchanté de revoir miss Campbell!... des traces de fer météorique. — Ce climat, remarquablement doux, lui fera le plus grand bien.

— Elle se porte à merveille, d'ailleurs, fit observer le frère Sam, et n'a nul besoin de refaire sa santé.

— Il n'importe, reprit Aristobulus Ursiclos. Ici, l'air est excellent. Zéro vingt et un d'oxygène, et zéro soixante-dix-neuf d'azote, avec un peu de vapeur d'eau, en quantité hygiénique. Quant à l'acide carbonique, à peine quelques vestiges. Je l'analyse tous les matins. »

Les frères Melvill voulurent voir là une aimable attention à l'adresse de miss Campbell.

« Mais, demanda Aristobulus Ursiclos, si vous n'êtes point venus à Oban pour des raisons de santé, messieurs, puis-je savoir pourquoi vous avez quitté votre cottage d'Helensburgh?

— Nous n'avons aucune raison de vous cacher, étant donnée la situation où nous sommes... répondit le frère Sib.

— Dois-je voir dans ce déplacement, reprit le jeune savant en interrompant la phrase commencée, un désir, tout naturel d'ailleurs, de me faire rencontrer avec miss Campbell, en des conditions où nous pourrons mieux apprendre à nous connaître, c'est-à-dire à nous estimer?

— Sans doute, répondit le frère Sam. Nous avons pensé que, de cette façon, le but serait plus vite atteint.

— Je vous approuve, messieurs, dit Aristobulus Ursiclos. Ici, sur ce terrain neutre, miss Campbell et moi, nous pourrons, à l'occasion, causer des fluctuations de la mer, de la direction des vents, de la hauteur des lames, de la variation des marées, et autres phénomènes physiques, qui doivent l'intéresser au plus haut point! »

5.

Les frères Melvill, après avoir échangé un sourire de satisfaction, s'inclinèrent en signe d'assentiment. Ils ajoutèrent qu'à leur retour au cottage d'Helensburgh, ils seraient heureux de recevoir leur aimable hôte à un titre plus définitif.

Aristobulus Ursiclos répondit qu'il en serait d'autant plus heureux, que le gouvernement faisait exécuter, en ce moment, d'importants travaux de dragage sur la Clyde, précisément entre Helensburgh et Greenock, — travaux entrepris dans des conditions nouvelles, au moyen d'engins électriques. Donc, une fois installé au cottage, il pourrait en observer l'application et en calculer le rendement utile.

Les frères Melvill ne purent que reconnaître combien cette coïncidence était favorable à leurs projets. Pendant les heures inoccupées au cottage, le jeune savant serait à même de suivre les diverses phases de ce très intéressant travail.

« Mais, demanda Aristobulus Ursiclos, vous avez sans doute imaginé quelque prétexte pour venir ici, car miss Campbell ne s'attend sans doute pas à me rencontrer à Oban?

— En effet, répondit le frère Sib, et ce prétexte, c'est miss Campbell elle-même qui nous l'a fourni.

— Ah! fit le jeune savant, et quel est-il?

— Il s'agit d'observer un phénomène physique dans certaines conditions qui ne se présentent pas à Helensburgh.

— Vraiment ! messieurs, répondit Aristobulus Ursiclos, en assujettissant du doigt ses lunettes. Cela prouve déjà qu'entre miss Campbell et moi il existe quelques affinités sympathiques ! — Puis-je savoir quel est ce phénomène dont l'étude ne pouvait se faire au cottage ?

— Ce phénomène, c'est tout simplement le Rayon-Vert, répondit le frère Sam.

— Le Rayon-Vert ? dit Aristobulus Ursiclos, assez surpris. Je n'ai jamais entendu parler de cela ! Oserai-je vous demander ce que c'est que le Rayon-Vert ? »

Les frères Melvill expliquèrent de leur mieux en quoi consistait ce phénomène, que le *Morning Post* avait dernièrement signalé à l'attention de ses lecteurs.

« Peuh ! fit Aristobulus Ursiclos, ce n'est là qu'une simple curiosité sans grand intérêt, qui rentre dans le domaine un peu trop enfantin de la physique amusante !

— Miss Campbell n'est qu'une jeune fille, répondit le frère Sib, et elle paraît attacher une importance, exagérée sans doute, à ce phénomène...

— Car elle ne veut pas se marier, a-t-elle dit, avant
de l'avoir observé, ajouta le frère Sam.

— Eh bien, messieurs, répondit Aristobulus Ursiclos, on le lui montrera, son Rayon-Vert ! »

Puis, tous trois, suivant le petit chemin dessiné
à travers les prairies qui bordent la grève, revinrent
vers Caledonian Hotel.

Aristobulus Ursiclos ne perdit point cette occa-
ion de faire observer aux frères Melvill combien
l'esprit des femmes se plaît aux frivolités, et il dé-
duisit à grands traits tout ce qu'il y aurait à faire
pour relever le niveau de leur éducation mal com-
prise ; non qu'il pensât que leur cerveau, moins
fourni de matière cérébrale que celui de l'homme, et
très différent dans l'agencement de ses lobes, pût
jamais arriver à l'intelligence des hautes spécula-
tions ! Mais, sans aller jusque-là, peut-être parvien-
drait-on à le modifier par un entraînement spécial ;
bien que, depuis qu'il y a des femmes au monde,
jamais aucune ne se fût distinguée par une de ces
découvertes qui ont illustré les Aristote, les Euclide,
les Hervey, les Hanenhman, les Pascal, les Newton,
les Laplace, les Arago, les Humphrey Davy, les Edison,
les Pasteur, etc. Puis il se lança dans l'explication de
divers phénomènes physiques, et discourut de *omni
re scibili*, sans plus parler de miss Campbell.

Les frères Melvill l'écoutaient honnêtement, — d'autant plus volontiers qu'ils eussent été incapables de glisser un seul mot à travers ce monologue sans alinéa qu'Aristobulus Ursiclos ponctuait de hums! hums! impérieux et pédagogiques.

Ils arrivèrent ainsi à une centaine de pas de Caledonian Hotel et s'arrêtèrent un instant afin de prendre congé les uns des autres.

Une jeune personne était en ce moment à la fenêtre de sa chambre. Elle semblait tout affairée, toute décontenancée même. Elle regardait en face, à gauche, à droite, et paraissait chercher des yeux un horizon qu'elle ne pouvait voir.

Tout à coup, miss Campbell, — c'était elle, — aperçut ses oncles. Aussitôt, la fenêtre de se fermer vivement, et quelques instants après, la jeune fille arrivait sur la grève, les bras à demi croisés, la figure sévère, le front chargé de reproches.

Les frères Melvill se regardèrent. A qui en avait Helena? Était-ce la présence d'Aristobulus Ursiclos qui provoquait ces symptômes d'une surexcitation anormale?

Cependant le jeune savant s'était avancé et saluait mécaniquement miss Campbell.

« Monsieur Aristobulus Ursiclos... dit le frère Sam, en le présentant avec quelque cérémonie.

— Qui, par le plus grand des hasards... se trouve précisément à Oban !... ajouta le frère Sib.

— Ah !... monsieur Ursiclos ?

Et miss Campbell lui rendit à peine son salut.

Puis, se retournant vers les frères Melvill, assez embarrassés et ne sachant quelle contenance tenir :

« Mes oncles ? dit-elle sévèrement.

— Chère Helena, répondirent les deux oncles, avec une même intonation de voix visiblement inquiète.

— Nous sommes bien à Oban ? demanda-t-elle.

— A Oban... certainement.

— Sur la mer des Hébrides ?

— Assurément.

— Eh bien, dans une heure, nous n'y serons plus !

— Dans une heure ?...

— Je vous avais demandé un horizon de mer ?

— Sans doute, chère fille...

— Auriez-vous la bonté de me montrer où il est ? »

Les frères Melvill, stupéfaits, se retournèrent.

En face, aussi bien dans le sud-ouest que dans le nord-ouest, pas un seul intervalle n'apparaissait entre les îles du large, où le ciel et l'eau vinssent se confondre. Seil, Kerrera, Kismore, formaient comme une barrière continue d'une terre à l'autre. Il fallait bien en convenir, l'horizon demandé et promis manquait au paysage d'Oban.

Les deux frères ne s'en étaient même pas aperçus pendant leur promenade le long de la grève. Aussi, laissant échapper ces deux interjections bien écossaises, qui expriment un véritable désappointement, mêlé de quelque mauvaise humeur :

« Pooh ! fit l'un.

— Pswha ! » répondit l'autre.

VIII

UN NUAGE A L'HORIZON.

Une explication était devenue nécessaire ; mais, comme Aristobulus Ursiclos n'avait rien à voir en cette explication, miss Campbell le salua froidement et retourna vers Caledonian Hotel.

Aristobulus Ursiclos avait rendu non moins froidement son salut à la jeune fille. Évidemment froissé d'avoir été mis en balance avec un rayon, de quelque couleur qu'il fût, il reprit le chemin de la grève, tout en se parlant à lui-même dans les termes les plus convenables.

Le frère Sam et le frère Sib ne se sentaient point dans leur assiette. Aussi, lorsqu'ils furent dans le salon réservé, ils attendirent, l'oreille basse, que miss Campbell leur adressât la parole.

L'explication fut courte, mais nette. On était venu

à Oban pour voir un horizon de mer, et on n'en voyait rien, ou si peu, qu'il ne valait pas la peine d'en parler.

Les deux oncles ne purent arguer que de leur bonne foi. Ils ne connaissaient point Oban ! Qui se serait imaginé que la mer, la vraie mer, ne fût pas là, puisque les baigneurs y affluaient ! C'était peut-être le seul point de la côte où, grâce à ces malencontreuses Hébrides, la ligne d'eau circulaire ne se découpât pas sur le ciel !

« Eh bien, dit miss Campbell, d'un ton qu'elle voulut rendre aussi sévère que possible, il fallait choisir tout autre point qu'Oban, quand bien même on eût dû sacrifier l'avantage de s'y rencontrer avec monsieur Aristobulus Ursiclos ! »

Les frères Melvill, baissant instinctivement la tête, ne répondirent point à ce coup droit.

« Nous allons faire nos préparatifs, dit miss Campbell, et partir aujourd'hui même.

— Partons ! » répondirent les deux oncles, qui ne pouvaient racheter leur étourderie que par un acte d'obéissance passive.

Et aussitôt ces noms de retentir, suivant l'habitude :

« Bet !

— Beth !

— Bess !

— Betsey !

— Betty. »

Dame Bess arriva, suivie de Partridge. Tous deux furent aussitôt prévenus, et sachant que leur jeune maîtresse devait toujours avoir raison, ils ne demandèrent même pas le motif de ce départ précipité.

Mais on avait compté sans maître Mac-Fyne, le propriétaire de Caledonian Hotel.

Ce serait mal connaître ces estimables industriels, même dans l'hospitalière Écosse, si on les croyait capables de laisser partir une famille comprenant trois maîtres et deux domestiques, sans avoir tout fait pour la retenir. C'est ce qui arriva en cette circonstance.

Lorsqu'il eut été mis au courant de cette grave affaire, maître Mac-Fyne déclara que cela pouvait s'arranger à la satisfaction générale, sans parler de la satisfaction particulière qu'il éprouverait à garder le plus longtemps possible d'aussi nobles voyageurs.

Que voulait miss Campbell, et par conséquent que réclamaient messieurs Sib et Sam Melvill ? Une vue de mer découverte sur un large horizon ? Rien de plus aisé, puisqu'il ne s'agissait d'observer cet horizon qu'au coucher du soleil. On ne pouvait le voir du littoral d'Oban ? Soit ! Suffirait-il d'aller se poster

sur l'île Kerrera ? Non. La grande île de Mull ne laisserait apercevoir qu'une petite portion de l'Atlantique dans le sud-ouest. Mais, en redescendant la
côte, il y avait l'île Seil, qu'un pont rattache à sa
pointe nord au littoral écossais. Là, rien qui pût
gêner la vue, dans l'ouest, sur les deux cinquièmes
du compas.

Or, se rendre à cette île, c'était une simple promenade de quatre à cinq milles, pas davantage, et,
lorsque le temps serait propice, une excellente
voiture, attelée de bons chevaux, pourrait y conduire
en une heure et demie miss Campbell et sa suite.

A l'appui de son dire, l'éloquent hôtelier montrait
la carte à grands points, suspendue dans le vestibule
de l'hôtel. Miss Campbell put donc constater que
maître Mac-Fyne ne cherchait point à en imposer.
En effet, au large de l'île Seil se développait un large
secteur, comprenant un tiers de cet horizon, sur
lequel se traînait le soleil pendant les semaines qui
précèdent et suivent l'équinoxe.

L'affaire s'arrangea donc à l'extrême contentement
de maître Mac-Fyne et pour le plus grand accom-
modement des frères Melvill. Miss Campbell leur
accorda généreusement son pardon, et ne fit plus
aucune allusion désagréable à la présence d'Aristobulus Ursiclos.

« Mais, disait le frère Sam, il est au moins singulier qu'un horizon de mer manque précisément à Oban !

— La nature est si bizarre ! » répondit le frère Sib.

Aristobulus Ursiclos fut très heureux, sans doute, en apprenant que miss Campbell n'irait pas chercher ailleurs un lieu plus propice à ses observations météorologiques ; mais il était si absorbé dans ses hauts problèmes qu'il oublia d'en exprimer toute sa satisfaction.

La fantasque jeune fille lui sut probablement gré de cette réserve, car, tout en demeurant indifférente, elle l'accueillit moins froidement à leur première rencontre.

Cependant l'état atmosphérique s'était légèrement modifié. Si le temps restait toujours au beau fixe, quelques nuages, que dissipaient les ardeurs du midi, embrumaient l'horizon au lever et au coucher du soleil. Il était donc inutile d'aller chercher un poste d'observation à l'île Seil. C'eût été peine perdue, et il fallait prendre patience.

Durant ces longues journées, miss Campbell, laissant ses oncles aux prises avec le fiancé de leur choix, allait, quelquefois accompagnée de dame Bess, mais le plus souvent seule, errer sur les

grèves de la baie. Elle fuyait volontiers tout ce
monde d'oisifs, qui constitue la population flottante
des villes de bains, à peu près la même partout :
des familles, dont l'unique occupation est de voir
monter et descendre la mer, pendant que fillettes
et garçons se roulent sur le sable humide avec une
liberté d'attitudes très britanniques ; des gentlemen,
graves et flegmatiques, sous leur costume de baigneurs, souvent trop rudimentaire, et dont la grande
affaire est de se plonger pendant six minutes dans
l'eau salée ; des hommes et des dames de grande
« respectability », immobiles et raides sur des bancs
verts à coussins rouges, feuilletant quelques pages
de ces livres cartonnés et peinturlurés au texte com-
pact, dont on abuse quelque peu dans les éditions
anglaises ; quelques touristes de passage, la lor-
gnette en bandoulière, le chapeau-casque sur le front,
les longues guêtres aux jambes, l'ombrelle sous le
bras, qui sont arrivés hier et repartiront demain ;
puis, au milieu de cette foule, des industriels dont
l'industrie est essentiellement ambulante et porta-
tive, électriciens qui, pour deux pence, vendent du
fluide à qui veut s'en payer la fantaisie ; artistes
dont le piano mécanique, monté sur roues, mêle aux
airs du pays les motifs défigurés des airs de France ;
photographes en plein vent, qui livrent par douzaines

des épreuves instantanées aux familles groupées
pour la circonstance ; marchands en redingote noire,
marchandes en chapeau à fleurs, poussant leurs petites
charrettes, où s'étalent les plus beaux fruits du
monde ; « minstrels », enfin, dont la face grimaçante
se décompose sous le cirage qui la couvre, jouant
des scènes populaires avec travestissements variés,
et chantant de ces complaintes du cru, à couplets
innombrables, au milieu d'un cercle d'enfants, qui
reprennent gravement les refrains en chœur.

Pour miss Campbell, cette existence des villes de
bains n'avait plus ni secret ni charme. Elle préférait
s'éloigner de ce va-et-vient de passants, qui semblent
aussi étrangers les uns aux autres que s'ils venaient
des quatre coins de l'Europe.

Aussi, lorsque ses oncles, inquiets de son absence,
voulaient la rejoindre, c'était à la lisière de la grève,
sur quelque pointe avancée de la baie, qu'ils devaient aller la chercher

Là, miss Campbell était assise, comme la pensive
Minna du *Pirate*, le coude à la saillie d'une roche, la
tête appuyée sur sa main, et de l'autre égrenant des
baies de cette sorte de fenouil qui croît entre les
pierres.

Son regard distrait allait d'un « stack », dont la
cime rocheuse se dressait à pic, à quelque obscure

caverne, un de ces « helyers », comme on dit en Écosse, toute mugissante du flux de la mer.

Au loin, les cormorans étaient rangés en lignes, avec une immobilité de bêtes hiératiques, et elle les suivait au loin des yeux, lorsque, troublés dans leur quiétude, ils s'envolaient en rasant de l'aile la crête des petites lames du ressac.

A quoi songeait la jeune fille ? Aristobulus Ursiclos, sans doute, aurait eu l'impertinence, et les oncles cette naïveté de croire qu'elle pensait à lui : ils se seraient trompés.

En son souvenir, miss Campbell revenait aux scènes du Corryvrekan. Elle revoyait la chaloupe en perdition, les manœuvres du *Glengarry*, s'aventurant au milieu de la passe. Elle retrouvait dans le fond de son cœur cette émotion, qui l'avait si étroitement serré, lorsque les imprudents disparurent dans le creux du remous!... Puis, c'était le sauvetage, la corde lancée à propos, l'élégant jeune homme apparaissant sur le pont, calme, souriant, moins ému qu'elle, et saluant du geste les passagers du steamer.

Pour une tête romanesque, il y avait là le début d'un roman; mais il semblait que le roman dût s'en tenir à ce premier chapitre. Le livre commencé s'était refermé brusquement entre les mains de miss Campbell. A quelle page pourrait-elle jamais le

rouvrir, puisque « son héros », semblable à quelque
Wodan des épopées gaéliques, n'avait pas reparu?

Mais l'avait-elle au moins cherché au milieu de
cette foule d'indifférents, qui hantaient les plages
d'Oban? Peut-être. L'avait-elle rencontré? Non. Lui,
sans doute, n'aurait pu la reconnaître. Pourquoi l'eût-
il remarquée à bord du *Glengarry?* Pourquoi serait-il
venu à elle? Comment aurait-il deviné qu'il lui devait
en partie son salut? Et cependant, c'était elle, avant
tous autres, qui avait aperçu l'embarcation en détresse; elle qui, la première, avait supplié le capitaine d'aller à son secours! Et, en réalité, cela lui
avait peut-être coûté, ce soir-là, le Rayon-Vert!

On pouvait le craindre, en effet.

Pendant les trois jours qui suivirent l'arrivée de
la famille Melvill à Oban, le ciel aurait fait le déses-
poir d'un astronome des observatoires d'Édimbourg
ou de Greenwich. Il était comme ouaté d'une sorte
de vapeur, plus décevante que ne l'eussent été des
nuages. Lunettes ou télescopes des plus puissants
modèles, le réflecteur de Cambridge tout comme
celui de Parsontown, ne seraient pas parvenus à
la percer. Seul, le soleil eût possédé assez de puis-
sance pour la traverser de ses rayons; mais, à son
coucher, la ligne de mer s'estompait de légères
brumes, qui empourpraient l'occident des couleurs

les plus splendides. Il n'eût donc pas été possible à
la flèche verte d'arriver aux yeux d'un observateur.

Miss Campbell, dans son rêve, emportée par une
imagination un peu fantasque, confondait alors le
naufragé du gouffre de Corryvrekan et le Rayon-
Vert dans la même pensée. Ce qui est certain, c'est
que l'un n'apparaissait pas plus que l'autre. Si les
vapeurs obscurcissaient celui-ci, l'incognito cachait
celui-là.

Les frères Melvill, lorsqu'ils s'avisaient d'exhorter
leur nièce à prendre patience, étaient assez mal venus. Miss Campbell ne se gênait pas pour les rendre
responsables de ces troubles atmosphériques. Eux,
alors, s'en prenaient à l'excellent baromètre anéroïde
qu'ils avaient eu le soin d'apporter d'Helensburgh,
et dont l'aiguille persistait à ne pas remonter. En
vérité, ils auraient donné leur tabatière pour obtenir, au coucher de l'astre radieux, un ciel dégagé de
nuages !

Quant au savant Ursiclos, un jour, à propos de
ces vapeurs dont se chargeait l'horizon, il eut la parfaite maladresse de trouver leur formation toute
naturelle. De là à ouvrir un petit cours de physique,
il n'y avait qu'un pas, et il le fit en présence de miss
Campbell. Il parla des nuages en général, de leur
mouvement descendant qui les ramène à l'horizon

6

avec l'abaissement de la température, des vapeurs réduites à l'état vésiculaire, de leur classement scientifique en nimbus, stratus, cumulus, cyrrus! Inutile de dire qu'il en fut pour ses frais d'érudition.

Et ce fut si marqué que les frères Melvill ne savaient quelle attitude prendre pendant cette inopportune conférence !

Oui! miss Campbell « coupa » net le jeune savant, pour employer l'expression du dandysme moderne : d'abord, elle affecta de regarder d'un tout autre côté pour ne point l'entendre; puis, elle leva obstinément les yeux vers le château de Dunolly, afin de ne pas paraître l'apercevoir; enfin elle regarda l'extrémité de ses fins souliers de baigneuse, — ce qui est la marque de l'indifférence la moins dissimulée, la preuve du dédain la plus complète que puisse montrer une Écossaise, aussi bien pour ce que dit son interlocuteur que pour sa propre personne.

Aristobulus Ursiclos, qui ne voyait et n'entendait jamais que lui, qui ne parlait jamais que pour lui seul, ne s'en aperçut pas ou n'eut pas l'air de s'en apercevoir.

Ainsi se passèrent les 3, 4, 5 et 6 août; mais, pendant cette dernière journée, à la grande joie des frères Melvill, le baromètre remonta de quelques lignes au-dessus de variable.

Le lendemain s'annonça donc sous les plus heureux auspices. A dix heures du matin, le soleil brillait d'un vif éclat, et le ciel étendait au-dessus de la mer son azur d'une limpidité parfaite.

Miss Campbell ne pouvait laisser échapper cette occasion. Une calèche de promenade était toujours tenue à sa disposition dans les écuries de Caledonian Hotel. C'était ou jamais le moment de s'en servir.

Donc, à cinq heures du soir, miss Campbell et les frères Melvill prenaient place dans la calèche, conduite par un cocher, habile aux manœuvres du « four in hand », Partridge montait sur le siège de derrière, et les quatre chevaux, caressés par la mèche du long fouet, s'élancèrent sur la route d'Oban à Clachan.

Aristobulus Ursiclos, à son grand regret, — si ce n'est pas à celui de miss Campbell, — occupé de quelque important mémoire scientifique, n'avait pu être de la partie.

L'excursion fut charmante de tous points. La voiture suivait la route du littoral, le long du détroit qui sépare l'île Kerrera de la côte d'Écosse. Cette île, d'origine volcanique, était fort pittoresque, mais elle avait un tort aux yeux de miss Campbell : c'était de lui cacher l'horizon de mer. Cependant, comme il n'y avait que quatre milles et demi à faire dans ces conditions, elle consentit à en admirer l'harmonieux profil, dont le découpage se dessinait sur un fond de lumière, avec les ruines du château danois, qu en couronne la pointe méridionale.

« Ce fut autrefois la résidence des Mac-Douglas de Lorn, fit observer le frère Sam.

— Et pour notre famille, ajouta le frère Sib, ce château a un intérêt historique, puisqu'il fut détruit par les Campbell, qui l'incendièrent, après en avoir massacré sans pitié tous les habitants! »

Ce haut fait parut obtenir plus particulièrement l'approbation de Partridge, qui battit doucement des mains en l'honneur du clan.

Lorsque l'île Kerrera fut dépassée, la voiture s'engagea sur une route étroite, légèrement accidentée, conduisant au village de Clachan. Là, elle prit cet isthme factice, qui, sous la forme d'un pont, enjambe la petite passe et unit l'île Seil au continent. Une demi-heure plus tard, après avoir laissé la voiture dans le fond d'un ravin, les excursionnistes gravissaient la pente assez raide d'une colline, et venaient s'asseoir sur l'extrême bordure des roches, à la lisière du littoral.

Cette fois, rien ne pouvait gêner la vue d'observateurs, tournés vers l'ouest : ni l'îlot d'Easdale, ni celui d'Inish, échoués auprès de Seil. Entre la pointe

Ardanalish de l'île Mull, l'une des plus grandes des Hébrides, au nord-est, et l'île Colonsay, au sud-ouest, se découpait un large morceau de mer, sur lequel le disque solaire allait bientôt noyer ses feux.

Miss Campbell, tout à sa pensée, se tenait un peu en avant. Quelques oiseaux de proie, aigles ou faucons, animant seuls cette solitude, planaient au-dessus des « dens », sortes de vallons creusés comme des entonnoirs à parois rocheuses.

Astronomiquement, le soleil, à cette époque de l'année et pour cette latitude, devait se coucher à sept heures cinquante-quatre minutes, précisément dans la direction de la pointe Ardanalish.

Mais, quelques semaines plus tard, il eût été impossible de le voir disparaître derrière la ligne de mer, car la masse de l'île Colonsay l'eût dérobé aux regards.

Ce soir-là, le temps et l'endroit étaient donc bien choisis pour l'observation du phénomène.

En ce moment, le soleil se dirigeait par une trajectoire oblique sur l'horizon nettement dégagé.

Les yeux éprouvaient quelque peine à soutenir l'éclat de son disque passé au rouge ardent, que les eaux réfiétaient en une longue traînée de lumière.

Et cependant, ni miss Campbell, ni ses oncles

6.

n'eussent consenti à fermer les paupières, non ! pas
même un instant.

Mais, avant que l'astre n'eût mordu l'horizon de
son bord inférieur, miss Campbell poussa un cri de
déception !

Un petit nuage venait d'apparaître, délié comme
un trait, long comme la flamme d'un vaisseau de
guerre. Il coupait le disque en deux parties inégales,
et semblait s'abaisser avec lui jusqu'au niveau de la
mer.

Il semblait qu'un souffle, si léger qu'il fût, eût
suffi à le chasser, à le dissiper !... Le souffle ne se
produisit pas !

Et, lorsque le soleil fut réduit à un arc minuscule,
ce fut cette fine vapeur qui circonscrivit à sa place
la ligne du ciel et de l'eau.

Le Rayon-Vert, perdu dans ce petit nuage, n'a-
vait pu arriver à l'œil des observateurs.

IX

PROPOS DE DAME BESS.

Le retour à Oban se fit silencieusement. Miss Campbell ne parlait pas : les frères Melvill n'osaient parler. Ce n'était pourtant point leur faute, si cette malencontreuse vapeur avait apparu juste à point pour absorber le dernier rayon du soleil. Après tout, il ne fallait pas désespérer. La belle saison devait se prolonger pendant plus de six semaines encore. Si, pendant toute la durée de l'automne, quelque beau soir ne venait pas offrir son horizon sans brumes, ce serait véritablement jouer de malheur !

Cependant, c'était une admirable soirée perdue, et le baromètre ne paraissait pas devoir en promettre une semblable, — de sitôt du moins. En effet, pendant la nuit, la capricieuse aiguille de l'anéroïde revint doucement vers le variable. Mais ce qui était encore du beau temps pour tout le monde ne pouvait satisfaire miss Campbell.

Le lendemain, 8 août, quelques chaudes vapeurs tamisaient les rayons solaires. La brise de midi, cette fois, ne fut point assez forte pour les dissiper. Une vive coloration empourpra le ciel vers le soir. Toutes les nuances fondues, depuis le jaune de chrome jusqu'au sombre outremer, firent de l'horizon une éblouissante palette de coloriste. Sous le voile floconneux de petites nuées, le coucher du soleil teinta l'arrière-plan du littoral de tous les rayons du spectre, sauf celui que la fantaisiste et superstitieuse miss Campbell tenait à voir.

Et cela fut ainsi le lendemain, puis le surlendemain. La calèche resta donc sous la remise de l'hôtel. A quoi bon aller au-devant d'une observation que l'état du ciel rendait impossible? Les hauteurs de l'île Seil ne pouvaient être plus favorisées que les plages d'Oban, et mieux valait ne point courir à quelque désappointement.

Sans être de plus mauvaise humeur qu'il ne convenait, miss Campbell se contentait, le soir venu, de rentrer dans sa chambre, boudant ce peu complaisant soleil. Elle se reposait alors de ses longues promenades et rêvait tout éveillée. A quoi? A cette légende qui se rattachait au Rayon-Vert? Lui fallait-

il encore l'apercevoir pour voir clair dans son cœur?
Dans le sien, non peut-être, mais dans celui des
autres?

Ce jour-là, accompagnée de dame Bess, c'était
aux ruines de Dunolly-Castle qu'Helena avait été
promener sa déconvenue. En cet endroit, du pied
d'un vieux mur, tapissé des épaisses hautes-lisses
du lierre, rien de plus admirable que le panorama
formé par l'échancrure de la baie d'Oban, les sauvages aspects de Kerrera, les îlots semés dans la
mer des Hébrides, et cette grande île de Mull, dont
es roches occidentales reçoivent les premiers as-
lsauts des tempêtes venues de l'Ouest-Atlantique.

Et alors miss Campbell regardait le superbe lointain qui se développait devant ses yeux; mais le
voyait-elle? Est-ce que quelque souvenir ne s'obs-
tinait pas à la distraire? En tout cas, on peut affirmer que ce n'était pas l'image d'Aristobulus Ursiclos. En vérité, il aurait été mal venu, ce jeune
pédant, à entendre les opinions que, ce jour-là,
dame Bess émettait si franchement à son propos.

« Il ne me plaît pas! redisait-elle. Non! il ne me
plaît pas! Il ne pense qu'à se plaire à lui-même!
Quelle figure ferait-il dans le cottage d'Helensburgh?
Il est du clan des « Mac-Égoïstes », ou je ne m'y connais pas! Comment messieurs Melvill ont-ils eu la

pensée qu'il pourrait jamais être leur neveu? Partridge ne peut pas plus le souffrir que moi, et Partridge s'y connaît! Voyons, miss Campbell, est-ce qu'il vous plait?

— De qui parles-tu? demanda la jeune fille, qui n'avait rien entendu des propos de dame Bess.

— De celui à qui vous ne pouvez penser... ne fût-ce que pour l'honneur du clan!

— A qui donc crois-tu que je ne puisse penser?

— Mais à ce monsieur Aristobulus, qui ferait mieux d'aller voir de l'autre côté de la Tweed, s'il y a jamais eu des Campbell en quête d'Ursiclos! »

Dame Bess ne mâchait pas ses paroles, d'ordinaire, mais il fallait qu'elle fût singulièrement montée pour se mettre en contradiction avec ses maîtres, — au profit de sa jeune maîtresse, il est vrai! Elle sentait bien, d'ailleurs, qu'Helena montrait pour ce prétendant plus que de l'indifférence. A la vérité, elle n'aurait pu imaginer que cette indifférence était doublée d'un sentiment plus vif à l'égard d'un autre.

Cependant dame Bess en eut peut-être le soupçon, lorsque miss Campbell lui demanda si elle avait revu à Oban ce jeune homme, auquel le *Glengarry* avait si heureusement prêté secours et assistance.

Non, miss Campbell, répondit dame Bess, il a

dû repartir aussitôt, mais Partridge croit l'avoir
aperçu...

— Quand cela?

— Hier, sur la route de Dalmaly. Il revenait, le sac
au dos, comme un artiste en voyage! Ah! c'est un
imprudent, ce jeune homme! Se laisser ainsi prendre au gouffre de Corryvrekan, cela est de mauvais
augure pour l'avenir! Il ne se trouvera pas toujours
quelque bâtiment pour lui venir en aide, et il lui
arrivera malheur!

— Le crois-tu, dame Bess? S'il a été imprudent,
il s'est montré courageux, du moins, et dans ce
péril, son sang-froid ne paraît pas l'avoir abandonné
un instant!

— C'est possible, mais bien certainement, miss
Campbell, reprit dame Bess, ce jeune homme n'a
pas su que c'est à vous qu'il doit peut-être d'avoir
été sauvé, car, le lendemain de son arrivée à Oban,
il serait au moins venu vous remercier...

— Me remercier? répondit miss Campbell. Et
pourquoi? Je n'ai fait pour lui que ce que j'eusse fait
pour tout autre, et crois-le bien, ce que tout autre
aurait fait à ma place!

— Est-ce que vous le reconnaîtriez? demanda
dame Bess, en regardant la jeune fille.

— Oui, répondit franchement miss Campbell, et

j'avoue que le caractère de sa personne, le courage
tranquille qu'il montrait en apparaissant sur le pont,
comme s'il ne venait pas d'échapper à la mort, les
affectueuses paroles qu'il a dites à son vieux compagnon en le pressant sur sa poitrine, tout cela m'a
vivement frappée !

— Ma foi, répliqua la digne femme, à qui il ressemble, moi, je ne pourrais guère le dire ; mais, en
tout cas, il ne ressemble pas à ce monsieur Aristobulus Ursiclos ! »

Miss Campbell sourit, sans rien répondre, se leva,
resta un instant immobile en jetant un dernier regard
jusqu'aux lointaines hauteurs de l'île de Mull ; puis,
suivie de dame Bess, elle redescendit l'aride sentier qui conduit à la route d'Oban.

Ce soir-là, le soleil se couchait dans une sorte
de poussière lumineuse, légère comme un tulle pail-
lonné, et son dernier rayon s'absorbait encore dans
les brumes du soir.

Miss Campbell retourna donc à l'hôtel, fit peu
d'honneur au dîner que ses oncles avaient commandé
à son intention, et, après une courte promenade sur
la grève, elle rentra dans sa chambre.

X

UNE PARTIE DE CROQUET.

Les frères Melvill, il faut bien l'avouer, commençaient à compter les jours, s'ils n'en étaient pas encore à compter les heures. Cela ne marchait pas comme ils le voulaient. L'ennui visible de leur nièce, ce besoin d'être seule qui lui prenait, le peu d'accueil qu'elle faisait au savant Ursiclos, et dont celui-ci se préoccupait peut-être moins qu'eux-mêmes, tout cela n'était pas pour rendre agréable ce séjour à Oban. Ils ne savaient qu'imaginer dans le but de rompre cette monotonie. Ils guettaient, inutilement, les moindres variations atmosphériques. Ils se disaient que, son désir satisfait, miss Campbell redeviendrait sans doute plus traitable, — au moins pour eux.

C'est que, depuis deux jours, Helena, plus absor-

bée encore, oubliait de leur donner ce baiser du
matin, qui les mettait en bonne humeur pour le
reste de la journée.

Cependant le baromètre, insensible aux récriminations des deux oncles, ne se décidait point à pré-
dire une modification prochaine du temps. Quel que
fût leur soin à le frapper dix fois par jour d'un
petit coup sec pour déterminer une oscillation de
l'aiguille, l'aiguille ne remontait pas d'une ligne. Oh!
ces baromètres!

Toutefois, les frères Melvill eurent une idée. Dans
l'après-midi du 11 août, ils s'imaginèrent de proposer à miss Campbell une partie de croquet, afin de
la distraire, s'il était possible, et, bien qu'Aristobulus Ursiclos dût en être, Helena ne refusa pas, tant
elle savait leur faire plaisir.

Il faut dire que le frère Sam et le frère Sib se
piquaient d'être de première force à ce jeu, si en
honneur dans le Royaume-Uni. Ce n'est, on le sait,
que l'ancien « mail », très heureusement approprié
au goût de la jeunesse féminine.

Or, il y avait précisément à Oban plusieurs aires
disposées pour les manœuvres du croquet. Que dans
la plupart des villes de bains on se contente d'un
emplacement plus ou moins bien nivelé, pelouse ou
grève, cela prouve moins l'exigence des joueurs que

leur indifférence ou leur peu de zèle pour cette noble
distraction. Ici les aires étaient, non sablonneuses,
mais gazonnées, comme il convient, — ce qu'on
appelle des « crockets-grounds », — humectées
chaque soir avec des pompes d'arrosage, roulées
chaque matin avec un engin spécial, douces comme
un velours passé au laminoir. De petits cubes de
pierre, affleurant le sol, étaient destinés à l'em-
plantement des piquets et des arceaux. En outre,
un fossé, creusé de quelques pouces, délimitait
chaque emplacement et lui donnait les douze
cents pieds carrés, nécessaires aux opérations des
joueurs.

Que de fois les frères Melvill avaient regardé avec
envie les jeunes gens et les jeunes filles, qui ma-
nœuvraient sur ces terrains d'élite! Aussi quelle
satisfaction ce fut pour eux lorsque miss Campbell
se rendit à leur invitation. Ils allaient donc pouvoir
la distraire, tout en se livrant à leur jeu favori, au
milieu de spectateurs qui ne leur manqueraient pas,
ici comme à Helensburgh. Les vaniteux !

Aristobulus Ursiclos, prévenu, consentit à suspendre ses travaux, et se trouvait à l'heure dite sur le
théâtre de la lutte. Il avait cette prétention d'être
aussi fort au croquet en théorie qu'en pratique, de
le jouer en savant, en géomètre, en physicien, en

mathématicien, en un mot, par A + B, comme il convient à une tête à x.

Ce qui ne plaisait que tout juste à miss Campbell, c'est qu'elle allait nécessairement avoir ce jeune pédant pour partenaire. Et pouvait-il en être autrement ? Ferait-elle à ses deux oncles le chagrin de les séparer dans la lutte, de les opposer l'un à l'autre, eux si unis de pensée et de cœur, de corps et d'esprit, eux qui ne jouaient jamais qu'ensemble ? Non ! elle ne l'eût pas voulu !

« Miss Campbell, lui dit tout d'abord Aristobulus Ursiclos, je suis heureux d'être votre second, et si vous me permettez de me laisser vous expliquer la cause déterminante des coups...

— Monsieur Ursiclos, répondit Helena en le prenant à part, il faudra laisser gagner mes oncles.

— Gagner ?...

— Oui... sans en avoir l'air.

— Mais, miss Campbell...

— Ils seraient trop malheureux de perdre.

— Cependant... permettez !... répondit Aristobulus Ursiclos. Ce jeu du croquet m'est connu géométriquement, je puis m'en vanter ! J'ai calculé la combinaison des lignes, la valeurs des courbes, et je pense avoir quelques prétentions...

— Je n'ai d'autre prétention, répondit miss Campbell, que celle d'être agréable à nos adversaires. D'ailleurs ils sont très forts au croquet, je vous en préviens, et je ne pense pas que toute votre science puisse lutter contre leur adresse.

— Nous verrons bien! » murmura Aristobulus Ursiclos, qu'aucune considération n'aurait pu déterminer à se laisser volontairement battre, — même pour plaire à miss Campbell.

Cependant, la boîte renfermant les piquets, les marques, les arceaux, les boules, les maillets, avait été apportée par le garçon de service du « crocket-ground ».

Les arceaux, au nombre de neuf, furent disposés en losange sur les petites dalles, et les deux piquets se dressèrent à chaque extrémité du grand axe de ce losange.

« Au tirage! » dit le frère Sam.

Les marques furent placées dans un chapeau. Chacun des joueurs en prit une au hasard.

Le sort donna les couleurs suivantes pour l'ordre de la partie : une boule et un maillet bleu au frère Sam ; une boule et un maillet rouge à Ursiclos ; une boule et un maillet jaune au frère Sib ; une boule et un maillet vert à miss Campbell.

« En attendant le rayon de même couleur! dit-elle. Voilà qui est de bon augure! »

C'était au frère Sam de commencer, et il commença, après avoir échangé une bonne prise avec son partenaire.

Il fallait le voir, le corps ni trop droit, ni trop incliné, la tête demi-tournée, de manière à frapper sa boule à l'endroit juste, les mains placées l'une près de l'autre sur le manche du maillet, la gauche au-dessous, la droite au-dessus, les jambes fermes, les genoux légèrement pliés pour contre-balancer l'impulsion du coup, le pied gauche en face de la boule, le pied droit reporté un peu en arrière! Un type accompli du gentleman-crocketer!

Alors le frère Sam leva son maillet, en lui faisant doucement décrire un demi-cercle; puis il frappa la boule, placée à dix-huit pouces du « fock » ou piquet de départ, et n'eut pas à user du droit, qui lui appartenait, de recommencer trois fois cette première opération.

En effet, la boule, adroitement lancée, passa sous le premier arceau, ensuite sous le deuxième; un autre coup lui fit franchir le troisième, et ce ne fut qu'à l'entrée du quatrième qu'elle prit un peu trop « de fer » et s'arrêta.

C'était magnifique pour un début. Aussi, un très flatteur murmure courut-il parmi les spectateurs, qui se tenaient en dehors du petit fossé de l'aire gazonnée.

Au tour d'Aristobulus Ursiclos de jouer. Ce fut moins heureux. Maladresse ou malechance, il dut s'y reprendre à trois fois pour faire passer sa boule sous le premier arceau, et il manqua le second.

« Il est probable, fit-il observer à miss Campbell, que cette boule n'est pas parfaitement calibrée. Dans ce cas, le centre de gravité, placé excentriquement, la fait dévier de sa course...

— « A vous, oncle Sib, » dit miss Campbell, sans rien écouter de cette scientifique explication.

Le frère Sib fut digne du frère Sam. Sa boule passa deux arceaux et s'arrêta près de la boule d'Aristobulus Ursiclos, qui lui servit à franchir le troisième. après qu'il l'eut roquée, c'est-à-dire frappée à distance; puis, il roqua de nouveau le jeune savant, dont toute la physionomie semblait dire : « Nous ferons mieux que cela ! » Enfin, les deux boules ayant été mises en contact, il posa le pied sur la sienne, il la poussa d'un vigoureux coup de maillet, et croqua la boule de son adversaire, c'est-à-dire que, par un effet de contre-coup, il l'envoya à soixante pas, bien au delà du fossé limitatif.

Aristobulus Ursiclos dut courir après sa boule; mais il le fit posément, en homme réfléchi, et il attendit dans l'attitude d'un général qui médite un grand coup.

Miss Campbell prit la boule verte, à son tour, et passa adroitement les deux premiers arceaux.

La partie continua dans des conditions très avantageuses pour les frères Melvill, qui s'en donnaient de roquer et de croquer les boules adverses. Quel massacre! Ils se faisaient de petits signes, ils se comprenaient d'un coup d'œil, sans avoir même besoin de parler, et, finalement, ils prenaient l'avance, à la grande satisfaction de leur nièce, mais au grand déplaisir d'Aristobulus Ursiclos.

Miss Campbell, cependant, se voyant suffisamment distancée, cinq minutes après le début de la partie, se mit à jouer plus sérieusement, et montra beaucoup plus d'habileté que son partenaire, qui ne lui épargnait pourtant pas les conseils scientifiques.

« L'angle de réflexion, lui disait-il, est égal à l'angle d'incidence, et cela doit vous indiquer la direction que doivent prendre les boules, après le choc. Il faut donc profiter de...

— Mais profitez vous-même, lui répondait miss Campbell. Me voici, monsieur, de trois arceaux en avant de vous! »

Et, en effet, Aristobulus Ursiclos restait piteusement en arrière. Dix fois il avait déjà tenté de franchir le double arceau central, sans y parvenir. Il s'en prit donc à cet ustensile, il le fit redresser, il en modifia l'écartement et tenta de nouveau la fortune.

La fortune ne lui fut pas favorable. Sa boule heurta chaque fois le fer, et il ne parvint point à passer.

En vérité, miss Campbell aurait eu le droit de se plaindre de son partenaire. Elle jouait fort bien, elle, et méritait les compliments que ne lui ménageaient point ses deux oncles. Rien de charmant comme de la voir se livrant tout entière à ce jeu, si bien fait pour développer les grâces du corps ; son pied droit à demi levé du bout, afin de maintenir sa boule au moment de croquer l'autre, ses deux bras coquettement arrondis, lorsqu'elle faisait décrire une demi-circonférence à son maillet, l'animation de sa jolie figure, légèrement inclinée vers le sol, sa taille, qui se balançait d'un mouvement délicieux , tout cet ensemble était adorable à regarder ! Et cependant Aristobulus Ursiclos n'en voyait rien.

On avouera qu'il enrageait, le jeune savant. En effet, les frères Melvill avaient maintenant une avance telle qu'il serait bien difficile de les rattraper. Et, cependant, les aléas du jeu de croquet sont si inattendus, qu'il ne faut jamais désespérer de la victoire.

7.

La partie continuait donc dans ces conditions inégales, quand un incident se produisit.

Aristobulus Ursiclos trouva enfin l'occasion de roquer la boule du frère Sam, qui venait de repasser l'arceau central, devant lequel il était, lui, obstinément retenu. Véritablement dépité, tout en s'efforçant à rester calme aux yeux de l'assistance, il voulut faire un coup de maître, et rendre la pareille à son adversaire, en l'envoyant hors des limites de l'aire du jeu. Il posa donc sa boule près de celle du frère Sam, il assura son adhérence en tassant l'herbe avec le plus grand soin, il appuya dessus le pied gauche, et, décrivant une circonférence presque entière, afin de donner plus de force au choc, il fit rapidement tournoyer son maillet.

Quel cri lui échappa! Ce fut un hurlement de douleur! Le maillet, mal dirigé, avait atteint, non la boule, mais le pied du maladroit, et le voilà, sautillant sur une jambe, en poussant des gémissements, très naturels sans doute, mais quelque peu ridicules.

Les frères Melvill coururent à lui. Heureusement le cuir de sa bottine avait amorti la violence du coup, la contusion était sans gravité. Mais Aristobulus Ursiclos crut devoir expliquer ainsi sa mésaventure.

« Le rayon, figuré par son maillet, dit-il en professant, non sans quelque grimace, a décrit un cercle concentrique à celui qui aurait dû raser tangentiellement le sol, parce que j'avais tenu ce rayon un peu trop court. De là ce choc...

— Et alors, monsieur, nous allons cesser la partie? demanda miss Campbell.

— Cesser la partie! s'écria Aristobulus Ursiclos! Nous avouer vaincus? Jamais! En prenant les formules du calcul des probabilités, on trouverait encore que...

— Soit! continuons! » répondit miss Campbell.

Mais toutes les formules du calcul des probabilités n'auraient donné que bien peu de chances aux adversaires des deux oncles. Déjà le frère Sam était « rover », c'est-à-dire que, sa boule ayant franchi tous les arceaux, il avait touché le « besan » ou piquet d'arrivée, et que son jeu ne consistait plus qu'à venir en aide à son partenaire, en croquant ou roquant toutes les boules à sa convenance.

En effet, quelques coups après, la partie était définitivement gagnée, et les frères Melvill triomphaient, mais modestement, comme il convient à des maîtres. Quant à Aristobulus Ursiclos, en dépit de ses prétentions, il n'était même pas parvenu à franchir l'arceau central.

Sans doute, miss Campbell voulut alors paraître beaucoup plus dépitée qu'elle ne l'était réellement, et d'un vigoureux coup de maillet, elle frappa sa boule, sans trop en calculer la direction.

La boule s'élança hors du périmètre circonscrit par le petit fossé, du côté de la mer, s'enleva en rebondissant sur un galet, et, comme eût dit Aristobulus Ursiclos, sa pesanteur multipliée par le carré de la vitesse aidant, elle dépassa la lisière de la grève.

Coup malheureux !

Un jeune artiste était là, assis devant son chevalet, en train de prendre une vue de la mer, bornée par la pointe méridionale de la rade d'Oban. La boule, atteignant la toile en son plein, tacha sa couleur verte de toutes les couleurs de la palette qu'elle frôla en passant, et renversa le chevalet à quelques pas de là.

Le peintre se retourna tranquillement et dit :

« D'ordinaire, on prévient avant de commencer un bombardement! Nous ne sommes pas en sûreté ici! »

Miss Campbell, ayant eu le pressentiment de cet accident, avant même qu'il ne se fût produit, avait couru vers la grève :

« Ah ! monsieur, dit-elle, en s'adressant au jeune

artiste, veuillez me pardonner ma maladresse ! »

Celui-ci se leva, salua en souriant la belle jeune fille, toute confuse, qui venait s'excuser...

C'était le « naufragé » du gouffre de Corry-vrekan !

XI

OLIVIER SINCLAIR.

Olivier Sinclair était un « joli homme », pour employer l'expression jadis usitée en Écosse à l'égard des garçons braves, prompts et alertes; mais, si cette expression lui convenait au moral, il faut avouer qu'elle ne lui convenait pas moins au physique.

Dernier rejeton d'une honorable famille d'Édimbourg, ce jeune Athénien de l'Athènes du Nord était le fils d'un ancien conseiller de cette capitale du Mid-Lothian. Sans père ni mère, élevé par son oncle, l'un des quatre baillis de l'administration municipale, il avait fait de bonnes études à l'Université; puis, à l'âge de vingt ans, un peu de fortune lui assurant au moins l'indépendance, curieux de voir le monde, il visita les principaux États de l'Europe,

l'Inde, l'Amérique, et la célèbre *Revue d'Édimbourg*
ne refusa pas, en quelques occasions, de publier ses
notes de voyages. Peintre distingué, qui aurait pu
vendre ses œuvres à haut prix, s'il l'eût voulu ; poète,
à ses heures, — et qui ne le serait à un âge où toute
l'existence vous sourit ? — cœur chaud, nature artiste, il était fait pour plaire et plaisait sans pose ni
fatuité.

Il est facile de se marier dans la capitale de la
vieille Calédonie. En effet, les sexes y sont en pro-
portion très inégale, et le faible, numériquement,
l'emporte de beaucoup sur le fort. Aussi un jeune
homme, instruit, aimable, comme il faut, fort bien
fait de sa personne, ne peut-il manquer d'y trouver
plus d'une héritière à son goût.

Et cependant Olivier Sinclair, à vingt-six ans, ne
semblait pas encore avoir éprouvé le besoin de vivre
à deux. Le sentier de la vie lui paraissait-il donc
trop étroit pour y marcher coude à coude ? Non, sans
doute, mais il est plus probable qu'il se trouvait
mieux d'aller seul, de prendre par les chemins de
traverse, de courir à sa fantaisie, surtout avec ses
goûts d'artiste et de voyageur.

Pourtant, Olivier Sinclair était bien fait pour in-
spirer plus que de la sympathie à quelque jeune et
blonde fille de l'Écosse. Sa taille élégante, sa phy-

sionomie ouverte, son air franc, sa mâle figure, éner-
gique par les traits, douce par les yeux, la grâce de
ses mouvements, la distinction de ses manières, sa
parole facile et spirituelle, l'aisance de sa démarche, le sourire de son regard, tout cet ensemble
était de nature à charmer. Lui ne s'en doutait guère
n'étant point fat, ou n'y songeait pas n'étant point
d'humeur à s'enchaîner. D'ailleurs, s'il donnait lieu
à ces appréciations flatteuses pour sa personne dans
le clan féminin de l'Auld-Reeky [1], il ne plaisait pas
moins à ses compagnons de jeunesse, à ses camarades de l'Université : suivant la jolie expression gaélique, il était de ceux « qui ne tournent jamais le
dos ni à un ami, ni à un ennemi ».

Eh bien, ce jour-là, il faut pourtant convenir qu'au
moment de l'attaque il tournait le dos à miss Campbell. Miss Campbell, il est vrai, n'était ni son enne-
mie ni son amie. Aussi, dans cette attitude, n'avait-il
pu voir venir la boule, si rudement poussée par le
maillet de la jeune fille. De là, cet effet d'obus en
pleine toile, et la culbute de tout son attirail de
peintre.

Miss Campbell, du premier coup d'œil, avait reconnu son « héros » de Corryvrekan ; mais le héros.

1. La Vieille Enfumée, surnom donné à Édimbourg.

n'avait point reconnu la jeune passagère du *Glen-garry.* C'est à peine si, pendant la fin de la traversée de l'île Scarba à Oban, il avait aperçu miss Campbell à bord. Certes, s'il eût su quelle part personnelle lui revenait dans son sauvetage, ne fût-ce que par politesse, il l'aurait plus particulièrement remerciée ; mais il l'ignorait encore, et probablement il devait l'ignorer toujours.

Et, en effet, ce jour même miss Campbell défendait, — c'est le mot, — défendait aussi bien à ses oncles qu'à dame Bess et à Partridge, de faire aucune allusion, devant ce jeune homme, à ce qui s'était passé à bord du *Glengarry*, avant le sauvetage.

Cependant, après l'accident de la boule, les frères Melvill avaient rejoint leur nièce, plus décontenancés qu'elle, si c'est possible, et ils commençaient à présenter leurs excuses personnelles au jeune peintre, lorsque celui-ci les interrompit en disant :

« Mademoiselle... Messieurs... je vous en prie... croyez que cela n'en vaut pas la peine !

— Monsieur... dit le frère Sib, en insistant. Non !... nous sommes véritablement désolés...

— Et si le malheur est irréparable, comme cela est à craindre... ajouta le frère Sam.

— Ce n'est qu'un accident, ce n'est point un mal-

heur! répondit en riant le jeune homme. Un bar-
bouillage, rien de plus, et dont cette boule venge-
resse a fait justice! »

Olivier Sinclair disait cela de si bonne humeur,
que les frères Melvill lui auraient volontiers tendu
la main, sans y mettre plus de cérémonie. En tout
cas, ils crurent devoir se présenter réciproquement,
comme il convient entre gentlemen.

« Monsieur Samuel Melvill, dit l'un.

— Monsieur Sébastien Melvill, dit l'autre.

— Et leur nièce, miss Campbell, « ajouta Helena,
qui ne pensa pas manquer aux convenances en se
présentant elle-même.

C'était à l'adresse du jeune homme une invitation
de décliner ses noms et qualités.

« Miss Campbell, messieurs Melvill, dit-il avec le
plus grand sérieux, je pourrais vous répondre que je
m'appelle « fock », comme l'un des piquets de votre
croquet, puisque j'ai été touché par la boule, mais
je me nomme tout bonnement Olivier Sinclair.

— Monsieur Sinclair, répliqua miss Campbell, qui
ne savait trop comment elle devait prendre cette
réponse, veuillez une dernière fois recevoir toutes
mes excuses...

— Et les nôtres, ajoutèrent les frères Melvill.

— Miss Campbell, reprit Olivier Sinclair, je vous

répète que cela n'en vaut pas la peine. Je cherchais
à obtenir un effet de lames déferlantes, et il est
probable que votre boule, comme l'éponge de je ne
sais plus quel peintre de l'antiquité, jetée en travers
de son tableau, aura produit l'effet que mon pinceau
cherchait vainement à rendre ! »

Cela fut dit d'un ton si aimable que miss Campbell et les frères Melvill ne purent s'empêcher de
sourire.

Quant à la toile qu'Olivier Sinclair ramassa, elle
se trouvait hors d'usage, et c'était à recommencer.

Il est bon d'observer que Aristobulus Ursiclos
n'était point venu prendre part à cet échange d'excuses et de politesses.

La partie terminée, le jeune savant, très vexé
de n'avoir pu mettre ses connaissances théoriques
d'accord avec ses aptitudes pratiques, s'était retiré
pour rentrer à l'hôtel. On ne devait même pas le
voir avant trois ou quatre jours, car il allait partir
pour l'île Luing, une des petites Hébrides, située au
sud de l'île Seil, dont il voulait étudier, au point de
vue géologique, les riches ardoisières.

L'entretien ne pouvait donc être gêné par les inter-
ventions explicatives qu'il n'eût point manqué de
faire sur la tension des trajectoires ou autres questions relatives à l'accident.

Olivier Sinclair apprit alors qu'il n'était pas tout
à fait un inconnu pour les hôtes de Caledonian Hotel,
et il fut mis au courant des incidents de la traversée.

« Quoi, miss Campbell, et vous messieurs, s'écria-
t-il, vous étiez à bord du *Glengarry*, qui m'a repêché
si à propos?

— Oui, monsieur Sinclair.

— Et vous nous avez bien effrayés, ajouta le frère
Sib, lorsque nous avons aperçu, par le plus grand
hasard, votre embarcation perdue dans les remous
du Corryvrekan!

— Hasard providentiel, ajouta le frère Sam, et
très probablement, sans l'intervention de... »

C'est ici que miss Campbell fit comprendre d'un
signe qu'elle n'entendait point être posée en libéra-
trice. Ce rôle de Notre-Dame-des-Naufragés, elle ne
voulait à aucun prix en accepter l'emploi.

« Mais, monsieur Sinclair, reprit alors le frère
Sam, comment ce vieux pêcheur qui vous accompagnait a-t-il pu être assez imprudent pour s'aventurer dans ces courants...

— Dont il doit bien connaître les dangers, puisqu'il est du pays? ajouta le frère Sib.

— Il ne faut pas l'accuser, messieurs Melvill, répondit Olivier Sinclair. L'imprudence vient de moi,

de moi seul, et j'ai cru un instant que j'aurais à me
reprocher la mort de ce brave homme ! Mais il y avait
des couleurs si étonnantes à la surface de ces remous,
où la mer ressemble à une immense guipure, jetée
sur un fond de soie bleue ! Aussi, sans m'inquiéter
du reste, me voilà parti à la recherche de quelques
nuances nouvelles au milieu de cette écume imprégnée de lumière. Et alors j'allais plus avant, toujours
plus avant ! Mon vieux pêcheur sentait bien le danger,
il me faisait des remontrances, il voulait revenir du
côté de l'île Jura, mais je ne l'écoutais guère, si
bien que notre embarcation fut enfin prise dans un
courant, puis irrésistiblement entraînée vers le gouffre ! Nous voulûmes résister à cette attraction !...
Un coup de mer blessa mon compagnon, qui ne
put me venir en aide, et certainement, sans l'arrivée
du *Glengarry*, sans le dévouement de son capitaine,
sans l'humanité des passagers, nous serions passés
à l'état légendaire, mon matelot et moi, et maintenant catalogués dans le nécrologe du Corryvrekan ! »

Miss Campbell écoutait sans dire un mot, et levait
parfois ses beaux yeux sur le jeune homme, qui ne
cherchait point à la gêner de ses regards. Elle ne put
s'empêcher de sourire, lorsqu'il parla de sa chasse
ou plutôt de sa pêche aux nuances marines. Est-ce
qu'elle aussi n'était pas en quête de pareille aven-

ture, un peu moins périlleuse, toutefois, la chasse aux nuances célestes, la chasse au Rayon-Vert?

Et les frères Melvill ne purent se retenir d'en faire la remarque, en parlant du motif qui les avait amenés à Oban, c'est-à-dire l'observation d'un phénomène physique dont ils firent connaître la nature au jeune peintre.

« Le Rayon-Vert! s'écria Olivier Sinclair.

— L'auriez-vous déjà vu, monsieur? demanda vivement la jeune fille, l'auriez-vous déjà vu?

— Non, miss Campbell, répondit Olivier Sinclair. Savais-je seulement qu'il y eût quelque part un Rayon-Vert! Non! en vérité! Eh bien, moi aussi je veux le voir! Le soleil ne disparaîtra plus sous l'horizon sans qu'il ne m'ait pour témoin de son coucher! Et, par saint Dunstan, je ne peindrai plus jamais qu'avec le vert de son dernier rayon! »

Il était difficile de savoir si Olivier Sinclair ne parlait pas avec une légère pointe d'ironie, ou s'il se laissait entraîner par le côté artiste de sa nature. Toutefois, un certain pressentiment dit à miss Campbell que le jeune homme ne plaisantait pas.

« Monsieur Sinclair, reprit-elle, le Rayon-Vert n'est pas ma propriété! Il luit pour tout le monde! Il ne perd rien de sa valeur, parce qu'il se montre à

plusieurs curieux à la fois! Nous pourrons donc, si
vous le voulez, essayer de le voir ensemble.

— Très volontiers, miss Campbell.

— Mais il faut y mettre beaucoup de patience.

— Nous en mettrons...

— Et ne pas craindre de se faire mal aux yeux,
dit le frère Sam.

— Le Rayon-Vert vaut bien la peine qu'on risque
cela pour lui, répliqua Olivier Sinclair, et je ne quit-
terai pas Oban sans l'avoir aperçu, je vous le
promets.

— Une fois déjà, dit miss Campbell, nous nous
sommes rendus à l'île Seil pour observer ce rayon,
mais un petit nuage est venu voiler l'horizon, juste
au moment où le soleil se couchait.

— Voilà une fatalité !

— Une véritable fatalité, monsieur Sinclair, car
depuis ce jour nous n'avons jamais revu un ciel suffisamment net.

— Cela se retrouvera, miss Campbell! L'été n'a
pas encore dit son dernier mot, et, avant le retour de
la mauvaise saison, croyez-moi, le soleil nous aura
fait l'aumône du Rayon-Vert.

— Pour tout vous avouer, monsieur Sinclair, reprit
miss Campbell, nous l'aurions certainement aperçu,
dans la soirée du 2 août, à l'horizon même de la

passe du Corryvrekan, si notre attention n'eût été détournée par un certain sauvetage...

— Quoi, miss Campbell, répondit Olivier Sinclair, j'aurais été assez maladroit pour distraire vos regards en un pareil moment ! Mon imprudence vous aurait coûté le Rayon-Vert ! Alors, c'est moi qui vous dois des excuses, et je vous exprime ici tous mes regrets pour mon inopportune intervention ! Cela ne m'arrivera plus ! »

Et l'on causa ainsi de choses et d'autres en reprenant le chemin de Caledonian Hotel, où précisément Olivier Sinclair était descendu la veille, à son retour d'une excursion aux environs de Dalmaly. Ce jeune homme, dont les manières franches, la communicative gaieté ne déplaisaient point aux deux frères, — loin de là, — fut alors amené à parler d'Édimbourg et de son oncle le bailli Patrick Oldimer. Il se trouva que les frères Melvill avaient été liés avec le bailli Oldimer pendant quelques années. Entre ces deux familles s'étaient autrefois établies des relations du monde, que l'éloignement seul avait suspendues. On se retrouvait donc en parfaite connaissance. Aussi Olivier Sinclair fut-il invité à renouer avec les Melvill, et, comme il n'y avait aucune raison pour qu'il plantât sa tente d'artiste plutôt ailleurs qu'à Oban, il se déclara plus que jamais ré-

solu à y rester, afin de participer aux recherches du
fameux rayon.

Miss Campbell, les frères Melvill et lui se rencon-
trèrent donc fréquemment sur les plages d'Oban
pendant les jours qui suivirent. Ils observaient ensemble si les conditions atmosphériques tendaient
à se modifier. Dix fois par jour, ils interrogeaient le
baromètre, qui laissait voir quelques velléités de
hausse. Et, en effet, l'aimable instrument dépassa
trente pouces sept dixièmes dans la matinée du
14 août.

Avec quelle satisfaction, ce jour-là, Olivier Sinclair apporta la bonne nouvelle à miss Campbell! Un
ciel pur comme l'œil d'une madone! Un azur qui
allait en dégradant peu à peu ses nuances depuis
l'indigo jusqu'à l'outremer! Pas une vapeur de nature
hygrométrique dans l'espace! La perspective d'une
soirée splendide et d'un coucher de soleil à émerveiller les astronomes d'un observatoire!

« Si nous ne voyons pas notre rayon au coucher du
soleil, dit Olivier Sinclair, c'est que nous serons devenus aveugles!

— Mes oncles, répondit miss Campbell, vous entendez bien, c'est pour ce soir! »

Il fut donc convenu que l'on partirait, avant dîner,
pour l'île Seil. C'est ce qui fut fait dès cinq heures.

La calèche entraîna sur la pittoresque route de
Glachan miss Campbell radieuse, Olivier Sinclair
rayonnant, et les frères Melvill, qui prenaient leur
part de ce rayonnement et de cette irradiation. On
eût dit, vraiment, qu'ils emportaient le soleil avec
eux sur le siège de leur voiture, et que les quatre
chevaux du rapide équipage étaient les hippogryphes
du char d'Apollon, dieu du jour !

Arrivés à l'île Seil, les observateurs, enthousiasmés
d'avance, se trouvèrent en face d'un horizon dont
aucun obstacle n'altérait les lignes. Ils allèrent prendre
place à l'extrémité d'un cap étroit, qui séparait deux
criques du littoral et pointait d'un mille en mer. Rien
ne pouvait gêner la vue, dans l'ouest, sur un quart
de l'horizon.

« Nous allons donc enfin l'observer, ce capricieux
rayon, qui met tant de mauvaise grâce à se laisser
voir ! dit Olivier Sinclair.

— Je le crois, répondit le frère Sam.

— J'en suis sûr, ajouta le frère Sib.

— Et moi, je l'espère, » répondit miss Campbell,
en regardant la mer déserte et le ciel sans tache.

En vérité, tout faisait prévoir que le phénomène,
au coucher du soleil, se montrerait dans toute sa
splendeur.

Déjà l'astre radieux, s'abaissant par une ligne

oblique, n'était plus qu'à quelques degrés au-dessus de l'horizon. Son disque rouge teignait d'une couleur uniforme l'arrière-plan du ciel, et jetait une longue traînée éblouissante sur les eaux endormies du large.

Tous, muets, dans l'attente de l'apparition, un peu émus devant cette fin d'un beau jour, observaient le soleil, qui s'enfonçait peu à peu, semblable à un énorme bolide. Soudain, un cri involontaire échappa à miss Campbell. Il fut suivi d'une anxieuse exclamation que ni les frères Melvill ni Olivier Sinclair ne purent retenir.

Une chaloupe débordait alors l'îlot d'Easdale, échoué au pied de Seil, et s'avançait lentement vers l'ouest. Sa voile, tendue comme un écran, dépassait la ligne d'horizon. Allait-elle donc cacher le soleil au moment où il s'éteindrait dans les flots?

C'était une question de secondes. Revenir sur ses pas, se jeter d'un côté ou de l'autre, afin de se retrouver en face du point de contact, on n'en avait plus le temps; l'étroitesse du cap ne permettait pas de s'écarter sous un angle suffisant pour se remettre dans l'axe du soleil.

Miss Campbell, désespérée de ce contre-temps, allait et venait sur les roches. Olivier Sinclair faisait des gestes immenses à cette embarcation, et lui criait d'amener sa voile.

Vains efforts! On ne le voyait pas, on ne pouvait l'entendre. La chaloupe, sous une légère brise, continuait à remonter vers l'ouest avec le flot qui portait.

Au moment où le bord supérieur du disque solaire allait disparaître, la voile passa devant lui et le cacha derrière son trapèze opaque.

Déception! Cette fois, le Rayon-Vert avait été lâché du pied de cet horizon sans brumes, mais il s'était heurté à la voile, avant d'avoir atteint le promontoire, sur lequel tant de regards le guettaient avidement.

Miss Campbell, Olivier Sinclair, les frères Melvill, absolument désappointés, plus irrités peut-être que ne le comportait cette malechance, restaient pétrifiés à leur place, oubliant même de s'en aller, maudissant l'embarcation et ceux qui la montaient.

Cependant la chaloupe venait d'accoster une petite anse de l'île Seil, à la base même du promontoire.

A ce moment, un passager en débarquait, laissant à bord les deux marins qui l'avaient amené de l'île Luing par la route du large; puis, il contournait la grève et escaladait les premières roches, de manière à atteindre à l'extrémité du cap.

Très certainement, cet importun devait avoir reconnu le groupe des observateurs postés sur le plateau, car il les salua d'un geste empreint d'une certaine familiarité.

« Monsieur Ursiclos! s'écria miss Campbell.

— Lui! c'était lui! répondirent les deux frères.

— Quel peut être ce monsieur? » se dit Olivier Sinclair.

C'était bien Aristobulus Ursiclos, en personne, qui revenait après une scientifique tournée de quelques jours à l'île Luing.

Comment il fut reçu de ceux qu'il venait de troubler dans la réalisation de leur plus cher désir, il est inutile d'y insister.

Le frère Sam et le frère Sib, oubliant toutes les convenances, ne songèrent même pas à présenter l'un à l'autre Olivier Sinclair et Aristobulus Ursiclos. Devant le mécontentement d'Helena, ils baissèrent les yeux pour ne pas voir le prétendant de leur choix.

Miss Campbell, ses petites mains fermées, ses bras croisés sur la poitrine, ses yeux fulgurants, le regardait sans mot dire. Puis, enfin, ces paroles s'échappèrent de sa bouche :

« Monsieur Ursiclos, vous auriez mieux fait de ne pas arriver si à propos pour commettre une maladresse! »

8.

XII

NOUVEAUX PROJETS.

Le retour à Oban se fit dans des conditions beaucoup moins agréables que l'aller à l'île Seil. On avait cru partir pour un succès, et on revenait avec une défaite.

Si la déception éprouvée par miss Campbell pouvait être atténuée en quelque chose, c'était parce que Aristobulus Ursiclos en était la cause. Elle avait le droit de l'accabler, ce grand coupable, de charger sa tête de malédictions. Elle ne s'en fit faute. Les frères Melvill auraient été mal venus à essayer de le défendre. Non! il avait fallu que l'embarcation de ce maladroit, auquel on ne pensait guère, fût arrivée juste à point pour cacher l'horizon, au moment où le soleil lançait son dernier trait lumineux. Ce sont là de ces choses qui ne sauraient se pardonner.

Il va sans dire qu'après cette algarade, Aristobulus Ursiclos, qui, pour s'excuser, s'était en outre permis de plaisanter le Rayon-Vert, avait regagné la chaloupe afin de revenir à Oban. Il avait sagement fait, car, très probablement, on ne lui aurait pas offert une place dans la calèche, ni même sur le siège de derrière.

Ainsi donc, par deux fois déjà, le coucher du soleil s'était fait dans des conditions où il eût été possible d'observer le phénomène, et, par deux fois, l'œil ardent de miss Campbell s'était vainement exposé aux rutilantes caresses de l'astre, qui lui laissaient la vue trouble pendant quelques heures! D'abord, le sauvetage d'Olivier Sinclair, ensuite le passage d'Aristobulus Ursiclos, avaient fait manquer des occasions qui ne se représenteraient pas de longtemps peut-être! Dans les deux cas, il est vrai, les circonstances n'avaient pas été les mêmes, et autant miss Campbell excusait l'un, autant elle accablait l'autre. Qui aurait pu l'accuser de partialité?

Le lendemain, Olivier Sinclair, assez rêveur, se promenait sur les grèves d'Oban.

Qu'était donc ce monsieur Aristobulus Ursiclos? Un parent de miss Campbell et des frères Melvill, ou simplement un ami? C'était, à tout le moins, un familier de la maison, rien qu'à la façon dont miss

Campbell s'était laissée aller à lui reprocher sa maladresse. Eh bien, que lui importait, à Olivier Sinclair?
S'il voulait savoir à quoi s'en tenir, il n'avait qu'à
interroger le frère Sam ou le frère Sib... Et c'est
précisément ce qu'il se défendait de faire, ce qu'il
ne fit point.

Cependant les occasions ne lui manquèrent pas.
Chaque jour, Olivier Sainclair rencontrait, tantôt les
frères Melvill se promenant ensemble, — qui aurait
pu se flatter de les avoir jamais vus l'un sans l'autre?
— tantôt accompagnant leur nièce sur le bord de la
mer. On causait de mille choses, et plus particulièrement du temps, — ce qui, dans l'espèce, n'était
point une manière de parler pour ne rien dire. Re-
trouverait-on jamais une de ces soirées sereines,
dont on guettait le retour pour revenir à l'île Seil?
On pouvait en douter. En effet, depuis ces deux
admirables embellies du 2 et du 14 août, ce n'était
plus que ciel incertain, nuages orageux, horizons
sillonnés d'éclairs de chaleur, brumes crépusculaires, enfin de quoi désespérer un élève astronome,
accroché à l'objectif de sa lunette, et poursuivant la
révision d'un coin de la carte céleste!

Pourquoi ne pas avouer que le jeune peintre était
maintenant épris du Rayon-Vert, tout autant que
miss Campbell? Il avait enfourché ce dada en com-

pagnie de la belle jeune fille. Il courait avec elle les
champs de l'espace. Il chevauchait cette fantaisie
avec non moins d'ardeur, pour ne pas dire non
moins d'impatience que sa jeune compagne. Ah! il
n'était pas un Aristobulus Ursiclos, lui, la tête perdue
dans les nuages de la haute science, plein de dédain
pour un simple phénomène d'optique! Tous deux
se comprenaient et tous deux voulaient être de ces
rares privilégiés que le Rayon-Vert aurait honorés
de son apparition!

« Nous le verrons, miss Campbell, répétait Olivier
Sinclair, nous le verrons, quand je devrais aller
l'allumer moi-même! En somme, c'est par ma faute
qu'il vous a échappé une première fois, et je suis
aussi coupable que ce monsieur Ursiclos... votre
parent... je crois?

— Non... mon fiancé... paraît-il... » répondit ce
jour-là miss Campbell, en s'éloignant avec quelque
hâte pour aller rejoindre ses oncles, qui marchaient
en avant et s'offraient une prise.

Son fiancé! Il fut singulier, l'effet que produisit
sur Olivier Sinclair cette simple réponse, et surtout
le ton dont elle avait été faite! Après tout, pourquoi
ce jeune pédant ne serait-il pas un fiancé? Au moins,
dans ces conditions, sa présence à Oban s'expli-
quait! De ce qu'il avait été assez mal avisé pour s'in-

terposer entre le soleil couchant et miss Campbell,
il ne s'ensuivait pas... Qu'est-ce qui ne s'ensuivait
pas? Olivier Sinclair eût peut-être été fort embar-
rassé de le dire.

D'ailleurs, après deux jours d'absence, Aristobulus Ursiclos avait reparu. Olivier Sinclair l'aperçut,
plusieurs fois, en compagnie des frères Melvill, qui
n'auraient pu lui tenir rigueur. Il semblait être dans
les meilleurs termes avec eux. Le jeune savant et
le jeune artiste, à diverses reprises, s'étaient aussi
rencontrés, soit sur la plage, soit dans les salons de
Caledonian Hotel. Les deux oncles avaient cru
devoir les présenter l'un à l'autre.

« Monsieur Aristobulus Ursiclos, de Dumfries!

— Monsieur Olivier Sinclair, d'Édimbourg! »

Cela avait coûté à chacun de ces jeunes gens un
salut médiocre, une simple inclinaison de tête, à
laquelle le corps, raidi outre mesure, n'avait point
pris part. Évidemment il n'y aurait jamais sympathie entre ces deux caractères. L'un courait le ciel
pour y décrocher les étoiles, l'autre pour en calculer
les éléments; l'un, artiste, ne cherchait point à
poser sur le piédestal de l'art; l'autre, savant, se
faisait de la science un piédestal, sur lequel il prenait des attitudes.

Quant à miss Campbell, elle boudait absolument

Aristobulus Ursiclos. S'il était là, elle ne semblait plus s'apercevoir de sa présence; s'il venait à passer, elle se détournait visiblement. En un mot, ainsi qu'il a été expliqué plus haut, elle le « coupait » avec toute la netteté du formalisme britannique. Les frères Melvill avaient quelque peine à en rassembler les morceaux.

Quoi qu'il en soit, dans leur opinion, tout cela s'arrangerait, surtout si ce capricieux rayon voulait enfin paraître.

En attendant, Aristobulus Ursiclos observait Olivier Sinclair par-dessus ses lunettes, — manœuvre familière à tous les myopes, qui veulent regarder sans en avoir l'air. Et ce qu'il voyait : l'assiduité du jeune homme près de miss Campbell, l'aimable accueil que la jeune fille lui faisait en toute occasion, n'était sans doute pas pour lui plaire. Mais, sûr de lui-même, il se tint sur la réserve.

Cependant, devant ce ciel incertain, devant ce baromètre dont la mobile aiguille ne parvenait pas à se fixer, tous sentaient leur patience mise à une bien longue épreuve. Avec l'espoir de trouver un horizon dégagé de brumes, ne fût-ce que quelques instants au coucher du soleil, on fit encore deux ou trois excursions à l'île Scil, auxquelles Aristobulus Ursiclos ne crut pas devoir prendre part. Peine

inutile! Le 23 août arriva, sans que le phénomène
eût daigné apparaître.

Alors, cette fantaisie devint une idée fixe, qui ne
laissa plus place à aucune autre. Cela tournait à
l'état d'obsession. On en rêvait nuit et jour, à faire
craindre quelque nouveau genre de monomanie, — à
une époque où il n'y a plus à les compter. Sous cette
contention d'esprit, les couleurs se transformaient
en une couleur unique : le ciel bleu était vert, les
routes étaient vertes, les grèves étaient vertes, les
roches étaient vertes, l'eau et le vin étaient verts
comme de l'absinthe. Les frères Melvill s'imaginaient être vêtus de vert et se prenaient pour deux
grands perroquets, qui prenaient du tabac vert dans
une tabatière verte! En un mot, c'était la folie du
vert! Tous étaient frappés d'une sorte de daltonisme,
et les professeurs d'oculistique auraient eu là de
quoi publier d'intéressants mémoires dans leurs
revues d'ophthalmologie. Cela ne pouvait durer
plus longtemps.

Heureusement, Olivier Sinclair eut une idée.

« Miss Campbell, dit-il ce jour-là, et vous, messieurs Melvill, il me semble que, tout bien consi-
déré, nous sommes fort mal à Oban pour observer
le phénomène en question.

— Et à qui la faute? répondit miss Campbell, en

regardant bien en face les deux coupables qui baissèrent la tête.

— Ici, pas d'horizon de mer! reprit le jeune peintre. De là, obligation d'aller en chercher un jusqu'à l'île Seil, au risque de ne point s'y trouver au moment où il y faudrait être!

— C'est évident! répondit miss Campbell. En vérité, je ne sais pas pourquoi mes oncles ont été choisir précisément cet horrible endroit pour notre expérience!

— Chère Helena! répondit le frère Sam, ne sachant trop que dire, nous avions pensé...

— Oui... pensé... la même chose... ajouta le frère Sib, pour lui venir en aide.

— Que le soleil ne dédaignait pas de se coucher chaque soir sur l'horizon d'Oban...

— Puisque Oban est situé au bord de la mer!

— Et vous aviez mal pensé, mes oncles, répondit miss Campbell, très mal pensé, puisqu'il ne s'y couche pas!

— En effet, reprit le frère Sam. Il y a ces malencontreuses îles, qui nous cachent la vue du large

— Vous n'avez pas, sans doute, la prétention de les faire sauter?... demanda miss Campbell.

— Ce serait déjà fait, si c'était possible, répondit le frère Sib d'un ton décidé.

9

— Nous ne pouvons pourtant pas aller camper sur l'île Seil! fit observer le frère Sam.

— Et pourquoi pas ?

— Chère Helena, si tu le veux absolument...

— Absolument.

— Partons donc ! » répondirent le frère Sib et le frère Sam d'un ton résigné.

Et ces deux êtres, si soumis, se déclarèrent prêts à quitter immédiatement Oban.

Olivier Sinclair intervint.

« Miss Campbell, dit-il, pour peu que vous le vouliez bien, je pense qu'il y aurait mieux à faire que d'aller s'installer sur l'île Seil.

— Parlez, monsieur Sinclair, et si votre avis est meilleur, mes oncles ne se refuseront pas à le suivre ! »

Les frères Melvill s'inclinèrent par un mouvement d'automates tellement identique, que jamais peut-être ils ne s'étaient plus ressemblés.

« L'île Seil, reprit Olivier Sinclair, n'est vraiment pas faitè pour que l'on puisse y demeurer, ne fût-ce que quelques jours. Si vous avez à exercer votre patience, miss Campbell, il ne faut point que ce soit au détriment de votre bien-être. J'ai observé d'ailleurs qu'à Seil la vue de la mer est assez bornée par la configuration des côtes. Si, par malheur, il nous fallait attendre plus longtemps que nous ne le pensons, si notre séjour devait s'y prolonger pendant quelques semaines, il pourrait arriver que le soleil, qui rétrograde maintenant vers l'ouest, finît par se coucher derrière l'île Colonsay, ou l'île Oronsay, ou même la grande Islay, et notre observation manquerait encore, faute d'un horizon suffisant.

— En vérité, répondit miss Campbell, ce serait là le dernier coup de la mauvaise fortune...

— Que nous pouvons peut-être éviter en cherchant une station située plus en dehors de cet archipel des Hébrides, et devant laquelle s'ouvre tout l'infini de l'Atlantique.

— En connaîtriez-vous une, monsieur Sinclair? » demanda vivement miss Campbell.

Les frères Melvill étaient attachés aux lèvres du jeune homme. Qu'allait-il répondre? Où diable la fantaisie de leur nièce allait-elle finalement les entraîner? Sur quelle limite extrême des continents de l'ancien monde devraient-ils se fixer pour satisfaire à son désir?

La réponse d'Olivier Sinclair eut pour effet de les rassurer tout d'abord.

« Miss Campbell, dit-il, non loin d'ici, il y a une station, qui me paraît présenter toutes les conditions favorables. Elle est située derrière ces hauteurs de

Mull, qui ferment l'horizon dans l'ouest d'Oban. C'est l'une des petites Hébrides les plus avancées à la lisière de l'Atlantique, c'est la charmante île d'Iona.

— Iona ! s'écria miss Campbell, Iona, mes oncles ! Et nous n'y sommes pas encore ?

— Nous y serons demain, répondit le frère Sib.

— Demain, avant le coucher du soleil, ajouta le frère Sam.

— Partons donc, reprit miss Campbell, et si, à Iona, nous ne trouvons pas un espace largement découvert, sachez-le, mes oncles, nous chercherons un autre point du littoral, depuis John O'Groats, à l'extrémité nord de l'Écosse, jusqu'au Land's End, à la pointe sud de l'Angleterre, et si cela ne suffit pas encore...

— C'est bien simple, répondit Olivier Sinclair, nous ferons le tour du monde ! »

XIII

LES MAGNIFICENCES DE LA MER.

Qui se montra désespéré en apprenant la résolution prise par ses hôtes ? ce fut l'hôtelier de Caledonian Hotel. Comme maître Mac-Fyne eût fait
sauter, s'il l'avait pu, toutes ces îles et tous ces
îlots, qui masquent la vue d'Oban du côté de la
mer. Il se consola, d'ailleurs, dès qu'elle fut partie,
en exprimant tous ses regrets d'avoir hébergé une
pareille famille de monomanes.

A huit heures du matin, les frères Melvill, miss
Campbell, dame Bess et Partridge s'embarquaient
sur le « swift steamer *Pioneer* », — ainsi disaient les
prospectus, — qui fait le tour de l'île de Mull avec
escales à Iona, à Staffa, puis revient le soir même à
Oban.

Olivier Sinclair avait précédé ses compagnons au

quai d'embarquement, à l'appontement de l'estacade, et il les attendait sur la passerelle, jetée
d'un tambour à l'autre du bateau à vapeur.

D'Aristobulus Ursiclos, il n'était pas question
pour ce voyage. Les frères Melvill avaient cependant
cru devoir le prévenir de ce départ précipité. La
plus simple politesse exigeait cette démarche, et ils
étaient les gens les plus polis du monde.

Aristobulus Ursiclos avait assez froidement reçu la
communication des deux oncles, et s'était simplement contenté de les remercier, sans rien dire de
ses projets.

Les frères Melvill s'étaient donc retirés, en se
répétant que, si leur protégé se tenait sur une
extrême réserve, et que si miss Campbell l'avait
quelque peu pris en aversion, cela passerait à la
suite d'une belle soirée d'automne, après un de ces
beaux couchers de soleil dont l'île d'Iona ne se
montrerait pas avare. Du moins, c'était leur opinion.

Tous les passagers étant à bord, les amarres furent
larguées à la troisième éructation du sifflet à vapeur, et le *Pioneer* évolua de manière à sortir de la
baie pour prendre, au sud, le détroit de Kerrera.

Il y avait à bord un certain nombre de ces touristes qu'attire, deux ou trois fois par semaine, cette

charmante excursion de douze heures autour de
l'île de Mull; mais miss Campbell et ses compagnons
devaient les abandonner à la première escale.

En vérité, il leur tardait d'arriver à Iona, ce nouveau champ ouvert à leurs observations. Le temps
était superbe, la mer calme comme un lac. La traversée serait belle. Si ce soir-là n'amenait pas la
réalisation de leur vœu, eh bien! ils attendraient
patiemment, après s'être installés sur l'île. Là le
rideau serait levé, du moins, le décor serait toujours
en place. Il n'y aurait relâche que pour cause de
mauvais temps.

Bref, avant midi, le but du voyage allait être
atteint. Le rapide *Pioneer* descendit le détroit de
Kerrera, doubla la pointe méridionale de l'île, se
lança à travers le large évasement du Firthof Lorn,
laissa sur la gauche Colonsay et sa vieille abbaye
que fondèrent au quatorzième siècle les célèbres
Lords des Iles, et vint ranger la côte méridionale de
Mull, échouée en pleine mer, comme un immense
crabe, dont la pince inférieure se courbe légèrement
vers le sud-ouest. Un instant, le Ben More se montra
à une hauteur de trois mille cinq cents pieds au-
dessus de lointaines collines, âpres et ardues, dont
les bruyères forment le vêtement naturel, et sa cime
arrondie domina ces pâturages, tachetés de rumi-

nants, que la pointe d'Ardanalish coupe brusquement de son imposant massif.

La pittoresque Iona se détacha alors vers le nord-ouest, presque à l'extrémité de la pince méridionale de Mull. La mer Atlantique, immense, infinie, s'étendait au delà.

« Vous aimez l'Océan, monsieur Sinclair ? demanda miss Campbell à son jeune compagnon, qui, assis près d'elle sur la passerelle du *Pioneer*, contemplait ce beau spectacle.

— Si je l'aime, miss Campbell! répondit-il. Oui, et je ne suis pas de ces indignes qui en trouvent la vue monotone ! A mes yeux, rien n'est plus changeant que son aspect, mais il faut savoir l'observer sous ses phases diverses. En vérité, la mer est faite de tant de nuances si merveilleusement fondues les unes aux autres, qu'il est peut-être plus difficile à un peintre d'en reproduire l'ensemble, uniforme et varié tout à la fois, que de peindre un visage, si mobile qu'en soit la physionomie.

— En effet, dit miss Campbell, elle se modifie incessamment sous le moindre souffle qui passe, et, suivant la lumière dont elle s'imprègne, change à toutes les heures du jour.

— Regardez-la en ce moment, miss Campbell! reprit Olivier Sinclair. Elle est absolument calme !

Ne dirait-on pas d'un beau visage endormi, dont rien n'altère l'admirable pureté? Elle n'a pas une ride, elle est jeune, elle est belle! Ce n'est qu'un immense miroir, si l'on veut, mais un miroir qui réfléchit le ciel, et dans lequel Dieu peut se voir!

— Miroir que ternit trop souvent le souffle des tempêtes! ajouta miss Campbell.

— Eh! répondit Olivier Sinclair, c'est ce qui fait la grande variété d'aspects de l'Océan! Qu'un peu de vent se lève, le visage changera, il se ridera, la houle lui mettra des cheveux blancs, il vieillira en un instant, il aura cent années de plus, mais il restera toujours superbe avec ses phosphorescences capricieuses et ses broderies d'écume!

— Croyez-vous, monsieur Sinclair, demanda miss Campbell, qu'aucun peintre, si grand qu'il soit, puisse jamais reproduire sur une toile toutes les beautés de la mer?

— Je ne le pense pas, miss Campbell, et comment le pourrait-il? La mer n'a véritablement pas de couleur propre. Elle n'est qu'une vaste réverbération du ciel! Est-elle bleue? ce n'est pas avec du bleu qu'on peut la peindre! Est-elle verte? ce n'est pas avec du vert! On la saisirait plutôt dans ses fureurs, quand elle est sombre, livide, méchante, lorsqu'il semble que le ciel y mélange tous les nuages qu'il

9.

tient en suspension au-dessus d'elle! Ah! miss
Campbell, plus je le vois, plus je le trouve sublime,
cet Océan! Océan! ce mot dit tout! c'est l'immensité! Il recouvre à des profondeurs insondables des
prairies sans bornes, et près desquelles les nôtres
sont désertes! a dit Darwin. Que sont, en face de
lui, les plus vastes continents? de simples îles qu'il
entoure de ses eaux! Il couvre les quatre cinquièmes du globe! Par une sorte de circulation
incessante, — comme une créature vivante, dont le
cœur battrait à la ligne équatoriale, — il se nourrit
lui-même avec les vapeurs qu'il émet, dont il alimente
les sources, qui lui reviennent par les fleuves, ou
qu'il reprend directement par les pluies sorties de
son sein! Oui! l'Océan, c'est l'infini, infini qu'on
ne voit pas, mais qu'on sent, suivant l'expression
d'un poète, infini comme l'espace qu'il reflète dans
ses eaux!

— J'aime à vous entendre parler avec cet enthousiasme, monsieur Sinclair, répondit miss Campbell,
et cet enthousiasme, je le partage! Oui! j'aime la
mer comme vous pouvez l'aimer!

— Et vous ne craindriez pas d'en affronter les
périls? demanda Olivier Sinclair.

— Non, en vérité, je n'aurais pas peur! Peut-on
craindre ce qu'on admire?

— Vous auriez été une hardie voyageuse?

— Peut-être, monsieur Sinclair, répondit miss Campbell. En tout cas, de tous les voyages dont j'ai lu le récit, je préfère ceux qui ont eu pour but la découverte des mers lointaines. Que de fois je les ai parcourues avec les grands navigateurs! Que de fois je me suis lancée dans ce profond inconnu, — par la pensée seulement, il est vrai; mais je ne sais rien de plus enviable que la destinée des héros qui ont accompli de si grandes choses!

— Oui, miss Campbell, dans l'histoire de l'humanité, quoi de plus beau que ces découvertes! Traverser pour la première fois l'Atlantique avec Colomb, le Pacifique avec Magellan, les mers polaires avec Parry, Franklin, d'Urville et tant d'autres, quels rêves! Je ne peux voir partir un navire, vaisseau de guerre, bâtiment de commerce ou simple chaloupe de pêche, sans que tout mon être ne s'embarque à son bord! Je pense que j'étais fait pour être marin, et si cette carrière n'a pas été la mienne depuis mon enfance, je le regrette chaque jour!

— Mais vous avez au moins voyagé sur mer? demanda miss Campbell.

— Autant que je l'ai pu, répondit Olivier Sinclair. J'ai visité un peu la Méditerranée depuis Gibraltar jusqu'aux échelles du Levant, un peu l'Atlantique

jusqu'à l'Amérique du Nord, puis les mers septen-
trionales de l'Europe, et je connais toutes ces eaux
que la nature a prodiguées à l'Angleterre comme
à l'Écosse si libéralement...

— Et si magnifiquement, monsieur Sinclair!

— Oui, miss Campbell, et je ne sais rien de com-
parable à ces parages de nos Hébrides, sur lesquels
ce steamer nous emporte! C'est un véritable archipel,
avec un ciel moins bleu que celui de l'Orient, mais
avec plus de poésie, peut-être, dans l'ensemble de
ses roches sauvages et de ses horizons embrumés.
L'archipel grec a donné naissance à toute une société
de dieux et de déesses. Soit! Mais vous remarquerez
que c'étaient des divinités très bourgeoises, très
positives, douées surtout d'une vie matérielle, faisant leurs petites affaires et tenant leurs comptes de
dépenses. A mon sens, l'Olympe apparaît comme un
salon plus ou moins bien composé, où se réunis-
saient des dieux, qui ressemblaient un peu trop à
ces hommes, dont ils partageaient toutes les fai-
blesses! Il n'en est pas ainsi de nos Hébrides. C'est
le séjour des êtres surnaturels! Les déités scandi-
naves, immatérielles, éthérées, sont des formes
insaisissables, non des corps! C'est Odin, c'est
Ossian, c'est Fingal, c'est toute l'envolée de ces
poétiques fantômes, échappés aux livres des Sagas!

Qu'elles sont belles, ces figures, dont notre souvenir peut évoquer l'apparition au milieu des brumes des mers arctiques, à travers les neiges des régions hyperboréennes! Voilà un Olympe autrement divin que l'Olympe grec! Celui-là n'a rien de terrestre, et, s'il fallait lui assigner un emplacement digne de ses hôtes, ce serait dans nos mers des Hébrides! Oui! miss Campbell, c'est ici même que j'irais adorer nos divinités, et, en véritable enfant de cette antique Calédonie, je ne changerais pas notre archipel, avec ses deux cents îles, son ciel chargé de vapeurs, ses marées vibrantes, réchauffées par les courants du Gulf-Stream, pour tous les archipels des mers de l'Orient!

— Et il est bien à nous, Écossais des Highlands! répondit miss Campbell, tout enflammée aux ardentes paroles de son jeune compagnon, à nous, Écossais du comté d'Argyle! Ah! monsieur Sinclair, je suis, comme vous, passionnée pour notre archipel calédonien! Il est superbe, et je l'aime jusque dans ses fureurs!

— Elles sont sublimes, en effet, répondit Olivier Sinclair. Rien n'arrête la violence des bourrasques qui s'y jettent, après un parcours de trois mille milles! C'est à la côte américaine que fait face la côte écossaise! Si là, de l'autre côté de l'Atlantique, prennent naissance les grandes tempêtes de l'Océan, ici se déchaînent les premiers assauts des lames et des vents, lancés sur l'Europe occidentale! Mais que peuvent-elles contre nos Hébrides, plus audacieuses que cet homme dont parle Livingstone, qui ne craignait pas les lions, mais qui avait peur de l'Océan, ces îles solides sur leur base granitique, se riant des violences de l'ouragan et de la mer!...

— La mer!... Une combinaison chimique d'hydrogène et d'oxygène, avec deux et demi pour cent de chlorure de sodium! Rien de beau, en effet, comme les fureurs du chlorure de sodium! »

Miss Campbell et Olivier s'étaient retournés, en entendant ces paroles, évidemment dites à leur intention, et prononcées comme une réponse à leur enthousiasme.

Aristobulus Ursiclos était là, sur la passerelle.

L'importun n'avait pu résister au désir de quitter Oban en même temps que miss Campbell, sachant qu'Olivier Sinclair l'accompagnait à Iona. Aussi, embarqué avant eux, après s'être tenu dans le salon du *Pioneer* pendant toute la traversée, il venait de remonter en vue de l'île.

Les fureurs du chlorure de sodium! Quel coup de poing dans le rêve d'Olivier Sinclair et de miss Campbell.

XIV

LA VIE A IONA.

Cependant, Iona, — de son vieux nom l'île des Vagues, — dressant sa colline de l'Abbé à une altitude qui ne dépasse pas quatre cents pieds au-dessus du niveau de la mer, émergeait de plus en plus, et le steamer s'en rapprochait rapidement.

Vers midi, le *Pioneer* vint accoster le long d'une petite jetée faite de roches à peine équarries, toutes verdies par les eaux. Les passagers débarquèrent, les uns, en grand nombre, pour reprendre la mer une heure après et revenir à Oban par le détroit de Mull; les autres, en petit nombre, — on sait lesquels, — avec l'intention de séjourner à Iona.

L'île n'a pas de port proprement dit. Un quai de pierre en protège une des criques contre les lames du large. Rien de plus. C'est là que s'abritent, pendant la belle saison, quelques yachts de plaisance et les chaloupes de pêche, qui exploitent ces parages.

Miss Campbell et ses compagnons, laissant les touristes à la merci d'un programme qui les oblige à voir l'île en deux heures, s'occupèrent de chercher une habitation convenable.

Il ne fallait pas s'attendre à trouver à Iona le confort des riches villes de bains du Royaume-Uni.

En effet, Iona ne mesure pas plus de trois milles de long sur un mille de large, et compte à peine cinq cents habitants. Le duc d'Argyle, à qui elle appartient, n'en retire qu'un revenu de quelques centaines de livres. Là, point de ville proprement dite, ni même de bourgade, ni même de village. Quelques maisons éparses, pour la plupart simples masures, pittoresques si l'on veut, mais rudimentaires, presque toutes sans fenêtres, éclairées seulement par la porte, sans cheminée, avec un trou dans le toit, n'ayant que des murs de paillis et de galets, des chaumes de roseaux et de bruyères, reliés par de gros filaments de varech.

Qui pourrait croire, cependant, que Iona a été le berceau de la religion des Druides, aux premiers temps de l'histoire scandinave? Qui s'imaginerait qu'après eux, au sixième siècle, saint Columban, —

l'Irlandais dont elle porte aussi le nom, — y fonda,
pour enseigner la nouvelle religion du Christ, le
premier monastère de toute l'Écosse, et que des
moines de Cluny vinrent l'habiter jusqu'à la Réforme !
Où chercher maintenant les vastes bâtiments, qui
furent comme le séminaire des évêques et des grands
abbés du Royaume-Uni? Où retrouver, au milieu
des débris, la bibliothèque, riche en archives du
passé, en manuscrits relatifs à l'histoire romaine, et
dans laquelle venaient utilement puiser les érudits
de l'époque? Non! à l'heure présente, rien que des
ruines, là où la civilisation, qui devait si profondément modifier le nord de l'Europe, avait pris naissance. De la Sainte-Columba d'autrefois, il ne reste
que la Iona actuelle, avec quelques rudes paysans,
qui arrachent péniblement à sa terre sablonneuse
une médiocre récolte d'orge, de pommes de terre et
de blé, avec les rares pêcheurs, dont les chaloupes
vivent des eaux poissonneuses des petites Hébrides !

« Miss Campbell, dit Aristobulus Ursiclos d'un
ton dédaigneux, au premier aspect, trouvez-vous
que cela vaille Oban?

— Cela vaut mieux ! » répondit miss Campbell,
bien qu'elle pensât, sans doute, qu'il allait y avoir
un habitant de trop dans l'île.

Cependant, à défaut de casino ou d'hôtel, les

frères Melvill découvrirent une sorte d'auberge,
presque passable, où descendent les touristes, qui
ne se contentent pas du temps que le bateau leur
laisse pour visiter les ruines druidiques et chré-
tiennes d'Iona. Ils purent donc s'installer le jour
même aux *Armes de Duncan*, tandis qu'Olivier
Sinclair et Aristobulus Ursiclos se logeaient, tant
bien que mal, chacun dans une cabane de pêcheur.

Mais telle était la disposition d'esprit de miss
Campbell, qu'en sa petite chambre, devant sa
fenêtre ouverte à l'ouest sur la mer, elle se trouvait
aussi bien que sur la terrasse de la haute tour
d'Helensburgh, mieux, à coup sûr, que dans le
salon de Caledonian Hotel. De là, l'horizon se développait sous ses yeux, sans qu'aucun îlot en rompît
la ligne circulaire, et avec un peu d'imagination, elle
aurait pu apercevoir, à trois mille milles, la côte
américaine, de l'autre côté de l'Atlantique. Vraiment,
le soleil avait là un beau théâtre pour s'y coucher
dans toute sa splendeur!

La vie commune s'organisa donc facilement et
simplement. Les repas se prenaient en commun
dans la salle basse de l'auberge. Suivant l'ancienne
coutume, dame Bess et Partridge s'asseyaient à la
table de leurs maîtres. Peut-être Aristobulus Ursiclos
en marqua-t-il quelque surprise, mais Olivier Sin-

clair n'y trouva rien à redire. Il s'était déjà pris
d'une sorte d'affection pour ces deux serviteurs, qui
le lui rendaient bien.

Ce fut alors que la famille mena l'antique existence
écossaise dans toute sa simplicité. Après les promenades sur l'île, après les conversations sur les choses
du vieux temps, dans lesquelles Aristobulus Ursiclos
ne manquait jamais de jeter inopportunément sa note
moderne, on se réunissait au dîner de midi et au
souper de huit heures du soir. Puis, le coucher du
soleil, miss Campbell venait l'observer par tous les
temps, même les temps couverts. Qui sait! Une
trouée pouvait se faire dans la basse zone des
nuages, une fente, un hiatus, de quoi laisser passer
le dernier rayon!

Et quels repas! Les plus Calédoniens des convives de Walter Scott, à un dîner de Fergus Mac-
Gregor, à un souper d'Oldbuck l'Antiquaire, n'auraient rien trouvé à reprendre aux mets apprêtés
suivant la mode de la vieille Écosse. Dame Bess
et Partridge, reportés à un siècle en arrière, se sentaient heureux comme s'ils eussent vécu au temps
de leurs ancêtres. Le frère Sam et le frère Sib
accueillaient avec un évident plaisir les combinai-
sons culinaires en usage autrefois dans la famille
Melvill.

Et voici les propos qui couraient dans la salle basse, transformée en salle à manger.

« Un peu de ces « cakes » de farine d'avoine, bien autrement savoureux que les moelleux gâteaux de Glasgow !

— Un peu de ce « sowens », dont les montagnards se régalent encore dans les Highlands !

— Encore de ce « haggis », que notre grand poète Burns a dignement célébré dans ses vers comme le premier, le meilleur, le plus national des puddings écossais !

— Encore de ce « cockylecky ! » Si le coq en est un peu dur, les poireaux dont on l'accommode sont excellents !

— Et pour la troisième fois de ce « hotchpotch », plus réussi que n'importe quel potage de la cuisinière d'Helensburgh ! »

Ah ! l'on mangeait bien aux *Armes de Duncan*, à la condition de s'approvisionner tous les deux jours à l'office des steamers, qui font le service des petites Hébrides ! Et l'on buvait bien aussi !

Il fallait voir les frères Melvill se faire raison, le verre en main, se porter santé avec ces grandes pintes, qui ne contiennent pas moins de quatre pintes anglaises, et dans lesquelles écumait l' « usquebaugh », la bière nationale par excellence ou le

meilleur « hummok », brassé tout exprès pour eux!
Et le whisky, tiré de l'orge, dont la fermentation
semble se continuer encore dans l'estomac des
buveurs! Et si la forte bière eût manqué, ne se
seraient-ils pas contentés du simple « mum », distillé
du froment, fût-ce même de ce « two-penny »
qu'on pouvait toujours agrémenter d'un petit verre
de gin! En vérité, ils ne pensaient guère à regretter
le sherry et le porto des caves d'Helensburgh et
de Glasgow.

Si Aristobulus Ursiclos, habitué au confort moderne, ne laissait pas de se plaindre plus souvent
qu'il ne convenait, personne ne faisait attention à
ses plaintes.

S'il trouvait le temps long, dans cette île, le temps
passait vite pour les autres, et miss Campbell ne
récriminait plus contre les vapeurs qui embrumaient
chaque soir l'horizon.

Certes, Iona n'est pas grande, mais à qui aime à
se promener en bon air faut-il de si vastes espaces?
Les immensités d'un parc royal ne peuvent-elles
tenir dans un bout de jardin? On se promenait donc.
Olivier Sinclair prenait çà et là quelques sites. Miss
Campbell le regardait peindre, et le temps s'écou-
lait ainsi.

Les 26, 27, 28, 29 août se suivirent sans un instant

d'ennui. Cette vie sauvage convenait à cette île sauvage, dont la mer battait sans relâche les roches dé-
solées.

Miss Campbell, heureuse d'avoir fui le monde
curieux, bavard, inquisiteur, des villes de bain, sortait, ainsi qu'elle eût fait dans le parc d'Helensburgh, avec le « rokelay » qui l'enveloppait comme
une mantille, coiffée de l'unique « snod », ce ruban
mêlé aux cheveux, qui va si bien aux jeunes Écossaises. Olivier Sinclair ne se lassait pas d'admirer sa
grâce, le charme de sa personne, cette attirance, qui
produisait sur lui un effet dont il se rendait très
bien compte, d'ailleurs. Souvent tous deux allaient
errer, causant, regardant, rêvant, jusqu'aux extrêmes
grèves de l'île, et foulaient les varechs du dernier
relais de la mer. Devant eux s'enlevaient, par bandes,
ces plongeons écossais, ces « tammie-nories », dont
ils troublaient la solitude, ces « pictarnies » à l'affût
des petits poissons apportés par les remous du ressac, et ces fous de Bassan, noirs de plumage, blancs
du bout des ailes, jaunes de la tête et du cou, qui
représentent plus spécialement la classe des pal-
mipèdes dans l'ornithologie des Hébrides.

Puis, le soir venu, après le coucher de ce soleil que
quelques brumes voilaient toujours, quel charme
pour miss Campbell et les siens de passer ensemble,

sur quelque grève déserte, les premières heures de
la nuit! Les étoiles se levaient à l'horizon, et avec
elles revenaient tous les souvenirs des poèmes
d'Ossian. Au milieu du profond silence, miss Campbell et Olivier Sinclair entendaient les deux frères
réciter alternativement les strophes du vieux barde,
l'infortuné fils de Fingal[1].

« Étoile, compagne de la nuit, dont la tête sort
brillante des nuages du couchant, et qui imprimes
tes pas majestueux sur l'azur du firmament, que
regardes-tu dans la plaine?

« Les vents orageux du jour se taisent; les
vagues apaisées rampent au pied du rocher; les
moucherons du soir, rapidement portés sur leurs
ailes légères, remplissent de leur bourdonnement le
silence des cieux.

« Étoile brillante, que regardes-tu dans la plaine?
Mais déjà je te vois t'abaisser en souriant sur les
bords de l'horizon. Adieu, adieu, étoile silencieuse! »

Puis, le frère Sam et le frère Sib se taisaient, et
tous regagnaient leur petite chambre d'auberge.

---

1. Cette poésie a été admirablement refaite par Alfred de
Musset dans l'évocation si connue :

Pâle étoile du soir, messagère lointaine,
Dont le front sort brillant des voiles du couchant...
Que regardes-tu dans la plaine?

Cependant, si peu clairvoyants que fussent les frères Melvill, ils comprenaient bien qu'Aristobulus Ursiclos perdait exactement ce que gagnait Olivier Sinclair dans l'esprit de miss Campbell. Les deux jeunes gens s'évitaient le plus possible. Aussi les deux oncles s'occupaient-ils, non sans peine, à réunir tout ce petit monde, à provoquer des rapprochements, au risque de quelque boutade de leur nièce. Oui, ils eussent été heureux de voir Ursiclos et Sinclair se rechercher au lieu de se fuir, au lieu de garder une retenue dédaigneuse l'un vis-à-vis de l'autre. Se figuraient-ils donc que tous les hommes sont frères, et frères à la façon dont ils l'étaient eux-mêmes?

Enfin, ils manœuvrèrent si adroitement, que, le 30 août, il fut convenu qu'on s'en irait de compagnie visiter les ruines de l'église, du monastère et du cimetière, situés au nord-est et au sud de la colline de l'Abbé. Cette promenade, qui prend à peine deux heures aux touristes, n'avait pas encore été faite par les nouveaux hôtes d'Iona. C'était là un manque de convenance envers les ombres légendaires de ces moines ermites, qui habitaient jadis les huttes du littoral, un manque d'égards pour ces grands morts des familles royales, depuis Fergus II jusqu'à Macbeth.

XV

LES RUINES D'IONA.

Ce jour-là, miss Campbell, les frères Melvill, les deux jeunes gens, partirent donc après déjeuner. Il faisait un beau temps d'automne. A chaque moment, quelque échappée de lumière filtrait à travers la déchirure des nuages peu épais. Sous ces intermittences, les ruines qui couronnent cette partie de l'île, les roches heureusement groupées du littoral, les maisons éparses sur le terrain mouvementé d'Iona ; la mer, striée au loin par les caresses d'une jolie brise, semblaient renouveler leur aspect un peu triste et s'égayer sous des effets de soleil.

Ce n'était point le jour des visiteurs. Le steamer en avait débarqué une cinquantaine la veille ; il en débarquerait sans doute autant le lendemain ; mais, aujourd'hui, l'île d'Iona appartenait tout entière à

10

ses nouveaux habitants. Les ruines seraient donc absolument désertes, lorsque les promeneurs y arriveraient.

La route se fit gaiement. La bonne humeur du frère Sam et du frère Sib avait gagné leurs compagnons. Ils causaient, allaient et venaient, s'éloignaient à travers les petits sentiers rocailleux, entre de basses murailles de pierres sèches.

Tout était donc pour le mieux, lorsqu'on s'arrêta d'abord en face du calvaire de Mac-Lean. Ce beau monolithe de granit rouge, haut de quatorze pieds, qui domine la chaussée de Main Street, est l'unique reste des trois cent soixante croix dont l'île fut hérissée jusqu'à l'époque de la Réforme, vers le milieu du XVIe siècle.

Olivier Sinclair voulut, avec raison, prendre un croquis de ce monument, qui est d'un bon travail et produit un bel effet au milieu d'une aride plaine, tapissée d'herbe grisonnante.

Miss Campbell, les frères Melvill et lui se groupèrent donc à une cinquantaine de pas du calvaire, afin d'en avoir une vue d'ensemble. Olivier Sinclair s'assit sur le coin d'un petit mur, et commença à dessiner les premiers plans du terrain, sur lequel se dresse la croix de Mac-Lean.

Quelques instants après, il leur sembla à tous

qu'une forme humaine s'essayait à gravir les premières assises de ce calvaire.

« Bon! dit Olivier, que vient faire ici cet intrus?
Si encore il était habillé en moine, il ne ferait pas
tache, et je pourrais le prosterner au pied de cette
vieille croix !

— C'est un simple curieux qui va bien vous
gêner, monsieur Sinclair, répondit miss Campbell.

— Mais n'est-ce point Aristobulus Ursiclos, qui
nous a devancés? dit le frère Sam.

— C'est bien lui! » ajouta le frère Sib.

C'était Aristobulus Ursiclos, en effet. Monté sur le
soubassement du calvaire, il l'attaquait à coups de
marteau.

Miss Campbell, outrée de ce sans-gêne de minéralogiste, se dirigea aussitôt vers lui :

« Que faites-vous là, monsieur? demanda-t-elle.

— Vous le voyez, miss Campbell, répondit Aristobulus Ursiclos, je cherche à détacher un morceau
de ce granit.

— Mais à quoi bon ces manies? Je croyais que
le temps des iconoclastes était passé !

— Je ne suis point un iconoclaste, répondit Aristobulus Ursiclos, mais je suis un géologue, et, comme
tel, je tiens à savoir quelle est la nature de cette
pierre. »

Un violent coup de marteau avait fini l'œuvre de dégradation : une pierre du soubassement venait de rouler sur le sol.

Aristobulus Ursiclos la ramassa, et, doublant le pouvoir optique de ses lunettes d'une grosse loupe de naturaliste, qu'il tira de son étui, il l'approcha du bout de son nez.

« C'est bien ce que je pensais, dit-il. Voilà un granit rouge, d'un grain très serré, très résistant, qui a dû être tiré de l'îlot des Nonnes, en tout semblable à celui dont les architectes du XIIᵉ siècle se sont servis pour construire la cathédrale d'Iona. »

Et Aristobulus Ursiclos ne perdit pas une si belle occasion de se lancer dans une dissertation archéologique, que les frères Melvill — ils venaient de le rejoindre — crurent devoir écouter.

Miss Campbell, sans plus de cérémonie, était revenue vers Olivier Sinclair, et, lorsque le dessin fut achevé, tous se retrouvèrent au parvis de la cathédrale.

Ce monument est un édifice complexe, fait de deux églises accouplées, dont les murs, épais comme des courtines, les piliers, solides comme des roches, ont bravé les injures de ce climat depuis treize cents ans.

Pendant quelques minutes, les visiteurs se pro-

menèrent dans la première église, qui est romane
par le cintre de ses voûtes et la courbe de ses arcades,
puis dans la seconde, édifice gothique du xiie siècle,
formant la nef et les transepts de la première. Ils
allaient ainsi, à travers ces ruines, d'une époque à
une autre, foulant les grandes dalles carrées, dont
les jointures laissaient poindre le sol. Ici c'étaient
des couvercles de tombes ; là, quelques pierres funéraires, dressées dans les coins, avec leurs figures
sculptées, qui semblaient attendre l'aumône du
passant.

Tout cet ensemble, lourd, sévère, silencieux, res-
pirait la poésie des temps passés.

Miss Campbell, Olivier Sinclair et les frères
Melvill, ne s'apercevant pas que leur trop savant
compagnon restait en arrière, pénétrèrent alors
sous l'épaisse voûte de la tour carrée, — voûte qui
dominait autrefois le portail de la première église, et
se dressa plus tard au point d'intersection des deux
édifices.

Quelques instants après, des pas mesurés, appli-
qués sur le pavé sonore, se firent entendre. On
eût pu croire qu'une statue de pierre, animée au
souffle de quelque génie, marchait pesamment,
comme le Commandeur dans le salon de don Juan.

C'était Aristobulus Ursiclos, qui, de ses enjambées

10.

métriques, mesurait les dimensions de la cathédrale :

« Cent soixante pieds de l'est à l'ouest, dit-il, en notant ce chiffre sur son carnet, au moment où il entrait dans la seconde église.

— Ah! c'est vous, monsieur Ursiclos! dit ironiquement miss Campbell. Après le minéralogiste, le géomètre?

— Et soixante-dix pieds seulement au croisement des transepts, répondit Aristobulus Ursiclos.

— Et combien de pouces? » demanda Olivier Sinclair.

Aristobulus Ursiclos regarda Olivier Sinclair, en homme qui ne sait s'il doit ou non se fâcher. Mais les frères Melvill, intervenant à propos, entraînèrent miss Campbell et les deux jeunes gens à la visite du monastère.

Cet édifice n'offre que des restes méconnaissables, bien qu'il ait survécu aux dégradations de la Réforme. Après cette époque, il servit même de communauté à quelques religieuses chanoinesses de Saint-Augustin, auxquelles l'État y donna asile. Ce ne sont plus maintenant que les lamentables ruines d'un couvent, dévasté par les tempêtes, qui n'avait ni voûte en plein cintre, ni piliers romans, pour pouvoir impunément résister aux intempéries d'un climat hyperboréen.

Cependant les visiteurs, après avoir exploré ce qui restait de ce monastère, si florissant autrefois, purent encore admirer la chapelle, mieux conservée, dont Aristobulus Ursiclos ne crut pas devoir mesurer les dimensions intérieures. A cette chapelle, moins anciennement ou plus solidement construite que les réfectoires ou les cloîtres du couvent, le toit seul manquait ; mais le chœur, qui est presque intact, est un morceau d'architecture très goûté des antiquaires.

C'est dans la partie ouest que s'élève le tombeau de celle qui fut la dernière abbesse de la communauté. Sur sa dalle de marbre noir apparaît une figure de vierge, sculptée entre deux anges, et, au-dessus, une madone tenant l'Enfant Jésus dans ses bras.

« Ainsi que la Vierge à la Chaise et la Madone de Saint-Sixte, les seules vierges de Raphaël qui ne baissent pas leurs paupières, celle-ci regarde, et il semble que ses yeux sourient ! »

Cette remarque fut très à propos faite par miss Campbell, mais elle eut pour résultat d'amener sur les lèvres d'Aristobulus Ursiclos une moue assez ironique.

« Où avez-vous pris, miss Campbell, dit-il, que des yeux pussent jamais sourire ? »

Peut-être miss Campbell eut-elle l'envie de lui

répondre qu'en tout cas ce ne serait pas en le regardant que les siens auraient jamais cette expression, mais elle se tut.

« C'est une faute communément répandue, reprit Aristobulus Ursiclos, comme s'il eût professé *ex cathedra*, que de parler du sourire des yeux. Ces organes de la vue sont précisément dénués de toute expression, ainsi que nous l'apprend l'oculistique. Exemple : posez un masque sur un visage, regardez ses yeux à travers ce masque, et je vous mets au défi de reconnaître si ce visage est gai, triste ou colère.

— Ah! vraiment? répondit le frère Sam, qui parut s'intéresser à cette petite leçon.

— J'ignorais cela, ajouta le frère Sib.

— Il en est ainsi, cependant, reprit Aristobulus Ursiclos, et si j'avais un masque... »

Mais l'étonnant jeune homme n'avait pas de masque, et l'expérience ne put être faite, de manière à enlever tout doute à cet égard.

Au surplus, miss Campbell et Olivier Sinclair avaient déjà quitté le cloître, et se dirigeaient vers le cimetière d'Iona.

Cet endroit porte le nom de « Reliquaire d'Oban », en souvenir de ce compagnon de saint Columban, auquel on doit l'édification de la chapelle dont les ruines s'élèvent au milieu de ce champ des morts.

C'est un curieux emplacement, ce terrain semé
de pierres funéraires, où dorment quarante-huit
rois écossais, huit vice-rois des Hébrides, quatre
vice-rois d'Irlande, et un roi de France, au nom
perdu comme celui d'un chef des temps préhis-
toriques. Entouré de sa longue grille de fer, pavé
de dalles juxtaposées, on dirait une sorte de champ
de Karnac, dont les pierres seraient des tombes, et
non des roches druidiques. Entre elles, couché sur
la litière verte, s'allonge le granit du roi d'Écosse,
ce Duncan illustré par la sombre tragédie de Macbeth. De ces pierres, les unes portent simplement
des ornements d'un dessin géométrique; les autres,
sculptées en ronde bosse, représentent quelques-uns
de ces farouches rois celtiques, étendus là avec
une rigidité de cadavre.

Que de souvenirs errent au-dessus de cette né-
cropole d'Iona! Quel recul l'imagination fait dans
le passé, en fouillant le sol de ce Saint-Denis des
Hébrides !

Et comment oublier cette strophe d'Ossian, qui
semble avoir été inspirée en ces lieux mêmes?

« Étranger, tu habites ici une terre couverte de
héros. Chante quelquefois la gloire de ces morts
célèbres. Que leurs ombres légères viennent se ré-
jouir autour de toi ! »

Miss Campbell et ses compagnons regardaient en silence. Ils n'avaient point à subir l'ennui d'un guide assermenté, déchirant, pour quelques touristes, les incertitudes d'une histoire si lointaine. Il leur semblait revoir ces descendants du lord des îles, Angus Og, le compagnon de Robert Bruce, le frère d'armes de ce héros, qui lutta pour l'indépendance de son pays.

« J'aimerais à revenir ici à la nuit tombante, dit miss Campbell. Il me semble que l'heure serait plus favorable pour rappeler ces souvenirs. Je verrais apporter le corps du malheureux Duncan. J'entendrais les propos des ensevelisseurs, le couchant dans la terre consacrée à ses ancêtres. En vérité, monsieur Sinclair, ne serait-ce pas l'instant propice pour évoquer ces lutins qui gardent le royal cimetière?

— Oui, miss Campbell, et je pense qu'ils ne refuseraient pas d'apparaître à votre voix.

— Comment, miss Campbell, vous croyez aux lutins? s'écria Aristobulus Ursiclos.

— J'y crois, monsieur, j'y crois en vraie Écossaise que je suis, répondit miss Campbell.

— Mais, en réalité, vous savez bien que cela est imaginaire, que rien de tout ce fantastique n'existe!

— Et s'il me plaît d'y croire! répondit miss Campbell, animée par cette inopportune contradiction.

S'il me plaît de croire aux browines domestiques, qui gardent le mobilier de la maison; aux sorcières, dont les incantations s'opèrent en déclamant des vers runiques; aux Valkyries, ces vierges fatales de la mythologie scandinave, qui emportent les guerriers tombés dans la bataille; à ces fées familières, chantées par notre poète Burns dans ces vers immortels qu'un véritable fils des Highlands ne saurait oublier :

« Cette nuit, les fées légères dansent sur Cassilis Dawnan's ou se dirigent vers Golzean, à la pâle clarté de la lune, pour aller s'égarer dans les Coves, au milieu des rochers et des ruisseaux. »

— Eh, miss Campbell, reprit le sot entêté, pensez-vous donc que les poètes ajoutent foi à ces rêves de leur imagination?

— Très certainement, monsieur, répondit Olivier Sinclair, ou bien leur poésie sonnerait faux comme toute œuvre qui ne naît pas d'une conviction profonde.

— Vous aussi, monsieur? répondit Aristobulus Ursiclos. Je vous savais peintre, je ne vous savais pas poète.

— C'est la même chose, dit miss Campbell. L'art n'est qu'un, sous des formes diverses.

— Mais non... non!... c'est inadmissible!... Vous

ne croyez pas à toute cette mythologie des vieux
bardes, dont le cerveau troublé évoquait des divinités imaginaires !

— Ah! monsieur Ursiclos! s'écria le frère Sam,
piqué au vif, ne traitez pas ainsi ceux de nos ancêtres qui ont chanté notre vieille Écosse !

— Et veuillez les entendre! dit le frère Sib, en
revenant aux citations de leur poème favori. « J'aime
les chants des bardes. Je me plais à écouter les
récits du temps passé. Ils sont pour moi comme le
calme du matin et la fraîcheur de la rosée qui
humecte les collines...

— « Lorsque le soleil ne jette plus sur leurs
penchants que des rayons alanguis, ajouta le frère
Sam, et que le lac est tranquille et bleuâtre au fond
du vallon! »

Sans doute, les deux oncles auraient indéfiniment
continué à s'enivrer des poésies ossianesques, si
Aristobulus Ursiclos ne les eût brusquement inter-
rompus en disant :

« Messieurs, avez-vous jamais vu un seul de ces
prétendus génies, dont vous parlez avec tant d'enthousiasme? Non! Et peut-on les voir? pas davantage, n'est-ce pas?

— C'est ce qui vous trompe, monsieur, et je vous
plains de ne les avoir jamais aperçus, reprit miss

Campbell, qui n'aurait pas cédé à son contradicteur
le cheveu d'un seul de ses lutins. On les voit apparaître dans toutes les hautes terres d'Écosse, se
glissant le long des glen abandonnés, s'élevant du
fond des ravins, voltigeant à la surface des lacs,
s'ébattant dans les eaux paisibles de nos Hébrides,
se jouant au milieu des tempêtes que leur jette
l'hiver boréal. Et, tenez, ce Rayon-Vert, que je
m'obstine à poursuivre, pourquoi ne serait-ce pas
l'écharpe de quelque Valkyrie, dont la frange traîne
dans les eaux de l'horizon?

— Ah non! s'écria Aristobulus Ursiclos, pour cela,
non! Et je vais vous dire ce que c'est votre Rayon-
Vert...

— Ne le dites pas, monsieur, s'écria miss Campbell, je ne veux pas le savoir!

— Mais si, répondit Aristobulus Ursiclos, tout à
fait monté par la discussion.

— Je vous défends bien...

— Je le dirai pourtant, miss Campbell. Ce dernier
rayon que lance le soleil au moment où le bord
supérieur de son disque effleure l'horizon, s'il est
vert, c'est, peut-être, parce qu'au moment où il
traverse la mince couche d'eau il s'imprègne de sa
couleur...

— Taisez-vous... monsieur Ursiclos!...

11

— A moins que ce vert ne succède tout naturellement au rouge du disque, subitement disparu, mais dont notre œil a conservé l'impression, parce que, en optique, le vert en est la couleur complémentaire !

— Ah ! monsieur, vos raisonnements physiques...

— Mes raisonnements, miss Campbell, sont d'accord avec la nature des choses, répondit Aristobulus Ursiclos, et, précisément, je me propose de publier un mémoire à ce sujet.

— Partons, mes oncles ! s'écria miss Campbell véritablement irritée. Monsieur Ursiclos, avec ses explications, finirait par me gâter mon Rayon-Vert ! »

Olivier Sinclair intervint alors :

« Monsieur, dit-il, je pense que votre mémoire à propos du Rayon-Vert sera on ne peut plus curieux ; mais permettez-moi de vous en proposer un autre sur un sujet peut-être plus intéressant encore.

— Et lequel, monsieur ? demanda Aristobulus Ursiclos, en se dressant sur ses ergots.

— Vous n'êtes pas sans savoir, monsieur, que quelques savants ont traité scientifiquement cette question si palpitante : *De l'influence des queues de poisson sur les ondulations de la mer ?...*

— Eh ! monsieur...

— Eh bien, monsieur, en voici une autre que je recommande tout particulièrement à vos savantes méditations : *De l'influence des instruments à vent sur la formation des tempêtes.* »

XVI

DEUX COUPS DE FUSIL.

Le lendemain, et pendant les premiers jours de septembre, on ne revit plus Aristobulus Ursiclos. Avait-il quitté Iona par le bateau des touristes, après avoir compris qu'il perdait son temps près de miss Campbell? Personne n'aurait pu le dire. En tout cas, il faisait bien de ne pas se montrer. Ce n'était plus seulement de l'indifférence, c'était une sorte d'aversion qu'il inspirait à la jeune fille. Avoir dépoétisé son rayon, avoir matérialisé son rêve, avoir changé l'écharpe d'une Valkyrie en un brutal phénomène d'optique! Peut-être lui eût-elle tout pardonné, tout, excepté cela.

Les frères Melvill n'eurent pas même la permission d'aller s'enquérir de ce que devenait Aristobulus Ursiclos.

A quoi bon, d'ailleurs? Qu'auraient-ils pu lui dire et qu'espéraient-ils encore? Pouvaient-ils songer, désormais, à l'union projetée entre deux êtres aussi antipathiques, séparés par l'abîme qui se creuse entre la vulgaire prose et la sublime poésie, l'un avec sa manie de tout réduire à des formules scientifiques, l'autre ne vivant que dans l'idéal, qui dédaigne les causes et se contente des impressions!

Cependant, Partridge, poussé par dame Bess, apprit que ce « jeune vieux savant », ainsi qu'il le dénommait, n'avait point encore effectué son départ, et qu'il habitait toujours sa cabane de pêcheur, où il prenait solitairement ses repas.

En tout cas, l'important, c'est qu'on ne voyait plus Aristobulus' Ursiclos. La vérité est que, lorsqu'il ne se confinait pas dans sa chambre, occupé, sans doute, de quelque haute spéculation scientifique, il s'en allait, son fusil sur le dos, à travers les basses grèves du littoral, et là sa mauvaise humeur se passait au milieu d'un véritable carnage de harles noirs ou de mouettes, qui n'y étaient pour rien. Conservait-il donc encore quelque espoir? Se disait-il que, la fantaisie du Rayon-Vert une fois satisfaite, miss Campbell reviendrait à de meilleurs sentiments? C'est possible, après tout, étant donnée sa personnalité.

Mais il lui arriva, un jour, une aventure assez désagréable, qui aurait pu très mal finir pour lui, sans l'intervention aussi généreuse qu'inattendue de son rival.

C'était dans l'après-midi du 2 septembre. Aristobulus Ursiclos était allé étudier les roches qui forment l'extrême pointe méridionale d'Iona. Une de ces masses granitiques, un « stack », attira plus spécialement son attention, si bien qu'il résolut de se hisser à son sommet. Or, il y avait quelque imprudence à le tenter, car la roche ne présentait guère que des surfaces glissantes, et le pied ne pouvait y trouver prise.

Cependant, Aristobulus Ursiclos ne voulut point en avoir le démenti. Il commença donc à grimper le long des parois, en s'aidant de quelques touffes végétales qui poussaient çà et là, et il put atteindre, non sans peine, le sommet de ce stack.

Une fois là, il se livra à son petit travail habituel de minéralogiste ; mais, quand il voulut redescendre, cela devint plus difficile. En effet, après avoir soigneusement cherché sur quel côté de la paroi il convenait de se laisser glisser, le voilà qui se risque.

A cet instant, le pied vint à lui manquer, il dévala sans pouvoir se retenir, et fût tombé dans les violentes lames du ressac, si une souche brisée ne l'eût retenu au milieu de sa chute.

Aristobulus Ursiclos se trouvait donc dans une situation tout à la fois dangereuse et ridicule. Il ne pouvait plus remonter, mais il ne pouvait plus redescendre.

Une heure se passa ainsi, et on ne sait ce qui serait arrivé, si Olivier Sinclair, son havre-sac de peintre sur le dos, n'eût passé en ce moment et en cet endroit. Il entendit des cris : il s'arrêta. De voir Aristobulus Ursiclos accroché à trente pieds en l'air, s'agitant comme un de ces bonshommes d'osier suspendus à la devanture d'une taverne, cela lui prêta d'abord à rire ; mais, ainsi qu'on le pense bien, il n'hésita pas à se risquer pour le tirer de là.

Cela ne se fit pas sans peine. Olivier Sinclair dut monter sur le sommet du stack, et il lui fallut rehisser le pendu, puis l'aider à redescendre de l'autre côté.

« Monsieur Sinclair, dit Aristobulus Ursiclos, dès qu'il fut en lieu sûr, j'avais mal calculé l'angle d'inclinaison que faisait cette paroi avec la verticale. De là, ce glissement et cette suspension...

— Monsieur Ursiclos, répondit Olivier Sinclair, je suis heureux que le hasard m'ait permis de vous venir en aide !

— Laissez-moi pourtant vous remercier...

« — Cela n'en vaut pas la peine, monsieur. Vous en auriez certainement fait autant pour moi ?

— Sans doute !

— Eh bien, à charge de revanche ! »

Et les deux jeunes gens se séparèrent.

Olivier Sinclair ne crut point devoir parler de cet incident, qui n'avait pas autrement d'importance. Quant à Aristobulus Ursiclos, il n'en parla pas davantage ; mais, au fond, comme il tenait beaucoup à sa peau, il sut gré à son rival de l'avoir tiré de ce mauvais pas.

Eh bien, et le fameux rayon ? il faut convenir qu'il se faisait singulièrement prier ! Cependant, il n'y avait plus de temps à perdre. La saison d'automne ne pouvait tarder à recouvrir le ciel de son voile de brumes. Alors, plus de ces soirées limpides, dont septembre se montre si avare sous les latitudes élevées. Plus de ces horizons nets, qui semblent plutôt tracés par le compas d'un géomètre que par le pinceau d'un artiste. Faudrait-il donc renoncer à voir le phénomène, cause de tant de déplacements ? Serait-on obligé de remettre l'observation à l'année prochaine ou s'entêterait-on à la poursuivre sous d'autres cieux ?

En vérité, c'était une cause de dépit pour miss Campbell autant que pour Olivier Sinclair. Tous deux enrageaient très sérieusement à voir l'horizon des Hébrides obscurci sous les vapeurs de la haute mer.

Ce fut ainsi pendant les quatre premiers jours de ce brumeux mois de septembre.

Chaque soir, miss Campbell, Olivier Sinclair, le frère Sam, le frère Sib, dame Bess et Partridge, assis sur quelque roche que baignaient les petites ondulations de la marée, assistaient consciencieusement au coucher du soleil sur d'admirables fonds de lumière, plus splendides, sans doute, que si la pureté du ciel eût été parfaite.

Un artiste aurait battu des mains devant ces magnifiques apothéoses qui se développaient à la chute du jour, devant cette éblouissante gamme de couleurs, se dégradant d'un nuage à l'autre, depuis le violet du zénith jusqu'au rouge d'or de l'horizon, devant cette éblouissante cascade de feux rebondissant sur des roches aériennes; mais, ici, les roches étaient des nuages, et ces nuages, mordant le disque solaire, absorbaient avec ses derniers rayons celui que cherchait en vain l'œil des observateurs.

Alors, l'astre couché, tous se relevaient, désappointés, comme les spectateurs d'une féerie dont le dernier effet a manqué par la faute d'un machi-

11.

niste ; puis, prenant par le plus long, ils rentraient
à l'auberge des *Armes de Duncan*.

« A demain ! disait miss Campbell.

— A demain ! répondaient les deux oncles. Nous
avons comme un pressentiment que demain... »

Et tous les soirs, les frères Melvill avaient un
pressentiment, qui finissait invariablement par un
mécompte.

Cependant la journée du 5 septembre débuta
par une matinée superbe. Les vapeurs du levant
se fondirent à la chaleur des premiers rayons
solaires.

Le baromètre, dont l'aiguille, depuis quelques
jours, marchait vers beau temps, montait encore
et s'arrêtait à beau fixe. Il ne faisait plus assez
chaud déjà pour que le ciel fût imprégné de cette
buée tremblotante des brûlants jours de l'été. La
sécheresse de l'atmosphère se sentait au niveau de
la mer, comme on l'eût sentie sur une montagne,
à quelque mille pieds d'altitude, dans un air
raréfié.

Dire avec quelle anxiété tous suivirent les phases
de cette journée, c'est impossible. Avec quelle pal-
pitation de cœur ils observaient si quelque nue se
levait dans l'espace, il faut renoncer à le rendre.
Avec quelles angoisses, même, ils s'attachaient à

la trajectoire décrite par le soleil dans sa marche diurne, ce serait témérité de vouloir l'exprimer.

Très heureusement, la brise, légère mais continue, venait de terre. En passant sur ces montagnes de l'est, en glissant à la surface des longues prairies de l'arrière-plan, elle ne devait pas se charger de ces humides molécules que dégagent de vastes étendues d'eau, et qu'apportent, avec le soir, les vents du large.

Mais combien ce jour fut long à passer! Miss Campbell ne pouvait tenir en place. Bravant l'ardeur caniculaire, elle allait et venait, tandis qu'Olivier Sinclair courait les hauteurs de l'île, afin d'interroger un horizon plus étendu. Les deux oncles en vidèrent toute une tabatière de compte à demi, et Partridge, comme s'il eût été de faction, restait dans l'attitude d'un garde champêtre préposé à la surveillance des plaines célestes.

Il avait été convenu que, ce jour-là, on dînerait à cinq heures, afin d'être en avance au poste d'observation.

Le soleil ne devait disparaître qu'à six heures quarante-neuf, et on aurait tout le temps de le suivre jusqu'à son coucher.

« Je crois que nous le tenons, cette fois! dit le frère Sam, en se frottant les mains.

— Je le crois aussi! » répondit le frère Sib, qui se livra à la même pantomime.

Cependant, vers trois heures, il y eut une alerte. Un gros flocon de nuage, une ébauche de cumulus, se leva dans l'est, et, poussé par la brise de terre, s'avança vers l'Océan.

Ce fut miss Campbell qui l'aperçut la première. Elle ne put retenir une exclamation de désappointement.

« Il est seul, ce nuage, et nous n'avons rien à craindre, dit l'un des oncles. Il ne tardera pas à se fondre...

— Ou il marchera plus vite que le soleil, répondit Olivier Sinclair, et disparaîtra sous l'horizon avant ui.

— Mais ce nuage n'est-il pas l'avant-coureur d'un banc de brumes? demanda miss Campbell.

— Il faut le voir. »

Et Olivier Sinclair, tout courant, se rendit aux ruines du monastère. De là, son regard put plonger vers l'est plus en arrière, par-dessus les montagnes de Mull.

Ces montagnes se profilaient avec une extrême netteté ; leur crête ressemblait à une ligne tremblée, tracée au crayon, sur un fond d'une parfaite blancheur.

Il n'y avait pas d'autre vapeur dans le ciel, et le

Ben More, bien découpé, ne s'empanachait d'aucune brume à trois mille pieds au-dessus du niveau de la mer.

Olivier Sinclair revint, une demi-heure après, avec quelques rassurantes paroles. Ce nuage n'était qu'un enfant perdu de l'espace; il ne trouverait pas même à s'alimenter dans cette atmosphère asséchée, et périrait d'inanition en route.

Cependant le flocon blanchâtre avançait vers le zénith. Au grand déplaisir de tous, il suivait le chemin du soleil, il s'en approchait sous l'influence de la brise. En glissant à travers l'espace, sa structure se modifiait dans le remous du courant aérien. De la forme d'une tête de chien qu'il avait d'abord, il prit celle d'un poisson dessiné, comme une raie gigantesque; puis il se massa en boule, sombre au centre, éclatante sur ses bords, et, à ce moment, atteignit le disque solaire.

Un cri échappa à miss Campbell, dont les deux bras se tendirent vers le ciel.

L'astre radieux, caché derrière cet écran de vapeurs, n'envoyait plus un seul de ses rayons à l'île. Iona, placée en dehors de la zone d'irradiation directe, venait de se voiler d'une grande ombre.

Mais bientôt la grande ombre se déplaça. Le soleil reparut dans tout son éclat. Le nuage s'abaissa vers l'horizon. Il ne devait pas même l'atteindre : une demi-heure après, il s'évanouissait, comme si quelque trouée se fût faite au ciel.

« Enfin, le voilà dissipé, s'écria la jeune fille, et puisse-t-il n'être suivi d'aucun autre !

— Non, rassurez-vous, miss Campbell, répondit Olivier Sinclair. Si ce nuage a disparu si vite et de cette façon, c'est qu'il n'a pas rencontré d'autres vapeurs dans l'atmosphère, c'est que tout l'espace, vers l'ouest, est d'une pureté absolue. »

A six heures du soir, les observateurs, groupés en un endroit bien découvert, occupaient leur poste.

C'était à l'extrémité septentrionale de l'île, sur la crête supérieure de la colline de l'Abbé. De ce sommet, le regard pouvait circulairement embrasser, dans l'est, toute la portion élevée de l'île de Mull. Au nord, l'îlot de Staffa apparaissait comme une énorme carapace de tortue, échouée dans les eaux des Hébrides. Au delà, Elva et Gometra se détachaient du littoral prolongé de la grande île. Vers l'ouest, le sud-ouest et le nord-ouest, se développait l'immense mer.

Le soleil s'abaissait rapidement par une trajectoire oblique. Le périmètre de l'horizon se dessinait d'un trait noir, qu'on eût cru tracé à l'encre de Chine. A l'opposé, toutes les fenêtres des maisons d'Iona s'enflammaient comme au reflet d'un incendie, dont les flammes auraient été des flammes d'or.

Miss Campbell et Olivier Sinclair, les frères Melvill, dame Bess et Partridge, saisis par ce sublime spectacle, restaient silencieux. Ils regardaient, en fermant à demi leurs paupières, ce disque qui se déformait, qui se gonflait parallèlement à la ligne d'eau, et prenait la forme d'une énorme montgolfière écarlate. Il n'y avait pas une seule vapeur au large.

« Je crois que nous le tenons, cette fois, redit le frère Sam.

— Je le crois aussi, répondit le frère Sib.

— Silence, mes oncles !... » s'écria miss Campbell.

Et ils se turent, et ils retinrent leur respiration, comme s'ils eussent craint qu'elle ne se condensât sous la forme d'un léger nuage, qui aurait pu voiler le disque du soleil.

L'astre avait enfin mordu l'horizon de son bord inférieur. Il s'élargissait, il s'élargissait encore, comme s'il se fût empli intérieurement d'un lumineux fluide.

Tous aspiraient des yeux ses derniers rayons.

Tel Arago, installé dans les déserts de Palma, sur la côte d'Espagne, épiait le signal de feu qui devait apparaître au sommet de l'île d'Iviça, et lui permettre de fermer le dernier triangle de sa méridienne !

Enfin, un léger segment de l'arc supérieur, ce fut tout ce qui resta du disque à l'affleurement des eaux. Avant quinze secondes, le suprême rayon allait être lancé dans l'espace, et donnerait aux yeux, prêts à la recevoir, cette impression d'un vert paradisiaque !...

Soudain, deux détonations retentirent au milieu des roches du littoral, au-dessous de la colline. Une fumée s'éleva, et, entre ses volutes, se tendit tout un nuage d'oiseaux de mer, mouettes, goélands, pétrels, effrayés par ces coups de fusil intempestifs.

Le nuage monta droit, puis, s'interposant comme un écran entre l'horizon et l'île, il passa devant l'astre mourant, au moment où celui-ci envoyait à la surface des eaux son dernier trait de lumière.

A ce moment, sur une pointe de la falaise, on put apercevoir, son fusil fumant à la main, et suivant des yeux toute la volée d'oiseaux, l'inévitable Aristobulus Ursiclos.

« Ah ! cette fois, c'en est assez ! s'écria le frère Sib.

— C'en est trop ! s'écria le frère Sam.

— J'aurais bien dû lé laisser accroché à sa roche, se dit Olivier Sainclair. Au moins, il y serait encore. »

Miss Campbell, les lèvres serrées, les yeux fixes, ne prononça pas un seul mot.

Une fois de plus, et par la faute d'Aristobulus Ursiclos, elle avait manqué le Rayon-Vert !

XVII

A BORD DE LA « CLORINDA ».

Le lendemain, dès six heures du matin, un charmant yawl de quarante-cinq à cinquante tonneaux, *la Clorinda*, quittait le petit port d'Iona, et, sous une légère brise du nord-est, ses amures à tribord, s'élevait au plus près, gagnant la haute mer.

La *Clorinda* emportait miss Campbell, Olivier Sinclair, le frère Sam, le frère Sib, dame Bess et Partridge.

Il va sans dire que le malencontreux Aristobulus Ursiclos n'était point à bord.

Voici ce qui avait été convenu et immédiatement exécuté, après l'aventure de la veille.

En quittant la colline de l'Abbé pour rentrer à l'auberge, miss Campbell avait dit d'une voix brève :

« Mes oncles, puisque monsieur Aristobulus Ursi-

clos prétend rester quand même à Iona, nous lais-
serons Iona à monsieur Aristobulus Ursiclos. Une
première fois à Oban, une seconde fois ici, c'est par
sa faute que notre observation n'a pu se faire. Nous
ne demeurerons pas un jour de plus où cet importun
a le privilège d'exercer ses maladresses ! »

A cette proposition aussi nettement formulée, les
frères Melvill n'avaient rien trouvé à redire. Eux
aussi, d'ailleurs, partageaient le mécontentement
général et maudissaient Aristobulus Ursiclos. Décidément, la situation de leur prétendant était à
jamais compromise. Rien ne lui ramènerait miss
Campbell. Il fallait, d'ores et déjà, renoncer à l'accomplissement d'un projet devenu irréalisable.

« Après tout, ainsi que le fit observer le frère Sam
au frère Sib qu'il avait pris à part, les promesses
imprudemment faites ne sont point des menottes
de fer ! »

Ce qui signifie, en d'autres termes, qu'on ne peut
jamais être lié par un serment téméraire, et le frère
Sib, d'un geste très net, avait donné son approbation complète à ce dicton écossais.

Au moment où s'échangeaient les adieux du soir
dans la salle basse des *Armes de Duncan* :

« Nous partirons demain, dit miss Campbell. Je
ne resterai pas un jour de plus ici !

— C'est entendu, ma chère Helena, répondit le frère Sam ; mais où irons-nous ?

— Là où nous serons assurés de ne plus rencontrer ce monsieur Ursiclos ! Il importe donc que personne ne sache ni que nous quittons Iona ni où nous allons.

— C'est convenu, répondit le frère Sib ; mais, ma chère fille, comment partir et où aller?

— Quoi ! s'écria miss Campbell, nous ne trouverions pas le moyen, dès l'aube, de quitter cette île ? Le littoral écossais ne nous offrirait pas un point inhabité, inhabitable même, où nous pourrions poursuivre en paix notre expérience ? »

Certainement, à eux deux, les frères Melvill n'auraient pu répondre à cette double question, posée d'un ton qui n'admettait ni échappatoire ni faux-fuyant.

Olivier Sinclair était là, — heureusement :

« Miss Campbell, dit-il, tout peut s'arranger ; voici comment. Il est près d'ici une île, ou plutôt un simple îlot, très convenable pour nos observations, et sur cet îlot aucun importun ne viendra nous déranger.

— Quel est-il?

— C'est Staffa, que vous pouvez apercevoir à deux milles au plus dans le nord d'Iona.

— Y a-t-il moyen d'y vivre et possibilité de s'y rendre ? demanda miss Campbell.

— Oui, répondit Olivier Sinclair, et très facilement. Dans le port d'Iona, j'ai vu un de ces yachts toujours prêts à prendre la mer, comme il s'en trouve dans tous les ports anglais pendant la belle saison. Son capitaine et son équipage sont à la disposition du premier touriste qui voudra utiliser leurs services pour la Manche, la mer du Nord ou la mer d'Irlande. Eh bien, qui nous empêche de fréter ce yacht, d'y embarquer des provisions pour une quinzaine de jours, puisque Staffa n'offre aucune ressource, et de partir, dès demain, aux premières lueurs du jour ?

— Monsieur Sinclair, répondit miss Campbell, si demain nous avons secrètement quitté cette île, croyez bien que je vous en aurai une profonde reconnaissance !

— Demain, avant midi, pourvu qu'un peu de brise se lève avec le matin, nous serons à Staffa, répondit Olivier Sinclair, et, sauf pendant la visite des touristes, qui, deux fois par semaine, dure à peine une heure, nous n'y serons dérangés par personne. »

Suivant l'habitude des frères Melvill, les surnoms de la femme de charge retentirent aussitôt.

« Bet !

— Beth !

— Bess !

— Betsey !

— Betty ! »

Dame Bess parut aussitôt.

« Nous partons demain ! dit le frère Sam.

— Demain dès l'aube ! » ajouta le frère Sib.

Et sur ce, dame Bess et Partridge, sans en demander plus long, s'occupèrent immédiatement des préparatifs du départ.

Pendant ce temps, Olivier Sinclair se dirigeait vers le port, et là il prenait ses arrangements avec John Olduck.

John Olduck était le capitaine de la *Clorinda*, un vrai marin, coiffé de la petite casquette traditionnelle à ganse d'or, vêtu de la jaquette à boutons de métal et du pantalon de gros drap bleu. Aussitôt le marché conclu, il s'occupa de tout parer pour l'appareillage avec ses six hommes, — six de ces matelots de choix, qui, pêcheurs de leur métier pendant l'hiver, font pendant l'été le service du yachting avec une supériorité incontestable sur tous les marins des autres pays.

A six heures du matin, les nouveaux passagers de la *Clorinda* s'embarquaient, sans avoir dit à

personne quelle était la destination du yacht. On
avait fait rafle de tous les vivres, viande fraîche ou
conservée, ainsi que des boissons disponibles.
D'ailleurs, le cuisinier de la *Clorinda* aurait toujours
la ressource de se réapprovisionner au steamer qui
fait régulièrement le service d'Oban à Staffa.

Donc, dès le lever du jour, miss Campbell avait
pris possession d'une charmante et coquette chambre, installée à l'arrière du yacht. Les deux frères
occupaient les couchettes de la « Main-Cabin », au
delà du salon, confortablement établie dans la portion la plus large du petit bâtiment. Olivier Sinclair
s'arrangeait d'une cabine ménagée au retour du
grand escalier qui conduisait au salon. Des deux
côtés de la salle à manger, traversée par le pied du
grand mât, dame Bess et Partridge disposaient de
deux cadres, l'un à droite, l'autre à gauche, sur l'arrière de l'office et de la chambre du capitaine. Plus
en avant, c'était la cuisine, où demeurait le maître-
coq. Plus en avant encore, le poste de l'équipage,
muni de ses branles pour six matelots. Rien ne
manquait à ce joli yawl, construit par Ratsey, de
Cowes. Avec belle mer et jolie brise, il avait toujours tenu un rang honorable dans les régates du
« Royal Thames yacht Club ».

Ce fut une réelle joie pour tous, lorsque la *Clo-*

rinda, mise en appareillage, son ancre levée, commença à prendre le vent, sous sa grande voile, son tapecul, sa trinquette, son foc et son flèche. Elle s'inclina gracieusement à la brise, sans que son pont blanc, en sape du Canada, fût mouillé d'un seul embrun des petites lames que fendait une étrave, coupée perpendiculairement à la ligne des eaux.

La distance qui sépare ces deux petites Hébrides, Iona et Staffa, est très courte. Avec un vent portant, vingt à vingt-cinq minutes eussent suffi à la franchir, pour un yacht qui, sans être trop forcé, enlevait facilement ses huit milles à l'heure. Mais, en ce moment, il avait le vent debout, — une légère brise tout au plus; en outre, la marée descendait, et c'était contre un jusant assez prononcé qu'il lui fallait courir un certain nombre de bords, avant d'arriver à la hauteur de Staffa.

D'ailleurs, peu importait à miss Campbell. La *Clorinda* partie, c'était le principal. Une heure plus tard, Iona s'effaçait dans les brumes matinales, et, avec elle, l'image détestée de ce trouble-fête, dont Helena voulait oublier jusqu'au nom.

Et elle le dit franchement à ses oncles :

« Est-ce que je n'ai pas raison, papa Sam ?

— Tout à fait raison, ma chère Helena.

— Est-ce que maman Sib ne m'approuve pas ?

— Absolument.

— Allons, ajouta-t-elle en les embrassant, conve-
nons que des oncles qui voulaient me donner un
pareil mari n'avaient vraiment pas eu une fameuse
idée ! »

Et tous deux en convinrent.

En somme, ce fut une navigation charmante, qui
n'eut que le défaut d'être trop courte. Et qui donc
empêchait de la prolonger, de laisser le yawl courir
ainsi au-devant du Rayon-Vert, d'aller le chercher
en plein Atlantique? Mais non! Il était convenu qu'on
irait à Staffa, et John Olduck prit ses dispositions
pour atteindre avec le commencement du flot cet
îlot célèbre entre toutes les Hébrides.

Vers huit heures, le premier déjeuner, composé
de thé, de beurre et de sandwiches, fut servi dans
la salle à manger de la *Clorinda*. Les convives, en
belle humeur, fêtèrent gaiement la table du bord
sans regret pour la table de l'auberge d'Iona. Les
ingrats !

Lorsque miss Campbell fut remontée sur le pont,
le yacht avait viré de bord et changé ses amures.
Il revenait alors vers le superbe phare construit
sur le roc de Skerryvore, qui élève à cent cinquante
pieds au-dessus du niveau de la mer son feu de premier ordre. La brise ayant fraîchi, la *Clorinda* luttait

12

alors contre le jusant sous ses grandes voiles blanches, mais gagnait peu vers Staffa. Et pourtant elle
« coupait la plume », pour désigner à la manière
écossaise la vitesse de sa marche.

Miss Campbell était à demi étendue, à l'arrière,
sur un de ces épais coussins de grosse toile qui sont
en usage à bord des bateaux de plaisance d'origine
britannique. Elle s'enivrait de cette rapidité que ne
troublaient ni les cahots d'une route, ni les trépida-
tions d'un railway, — rapidité de patineur, emporté
à la surface d'un lac glacé. Rien de plus gracieux à
voir, sur ces eaux à peine écumantes, que cette élégante *Clorinda*, légèrement inclinée, montant et
s'abaissant à la lame. Parfois, elle semblait planer
dans l'air, comme un immense oiseau que soulèvent
ses puissantes ailes.

Cette mer, couverte par les grandes Hébrides du
nord et du sud, abritée d'une côte à l'est, c'était
comme un bassin intérieur, dont la brise n'avait
pu encore troubler les eaux.

Le yacht courait obliquement vers l'île de Staffa.
gros rocher isolé au large de l'île de Mull, qui ne
s'élève pas à plus de cent pieds au-dessus des
hautes mers. On pouvait croire que c'était lui qui
se déplaçait, montrant tantôt ses falaises basaltiques
de l'ouest, tantôt l'âpre amoncellement des rocs de

sa côte orientale. Par suite d'une illusion d'optique,
il semblait pivoter sur sa base, au caprice des angles
sous lesquels la *Clorinda* l'ouvrait ou le fermait
successivement.

Cependant, en dépit du jusant et de la brise,
le yacht gagnait quelque peu. Lorsqu'il piquait vers
l'ouest, en dehors des extrêmes pointes de Mull, la
mer le secouait plus vivement, mais il se tenait gail-
lardement contre les premières lames du large ;
puis, à la bordée suivante, il retrouvait des eaux
tranquilles, qui le balançaient comme un berceau de
baby.

Vers onze heures, la *Clorinda* s'était assez élevée
au nord pour n'avoir plus qu'à laisser porter vers
Staffa. Les écoutes furent mollies, la voile de flèche
descendit de la tête du mât, et le capitaine prit ses
dispositions pour le mouillage.

Il n'y a pas de port à Staffa, mais par tous les
vents, il est facile de se glisser le long des falaises
de l'est, au milieu des roches capricieusement égre-
nées par quelque convulsion des périodes géologiques. Toutefois, avec grands mauvais temps, l'endroit ne serait pas tenable pour une embarcation
d'un certain tonnage.

La *Clorinda* rangea donc d'assez près ce semis
de basaltes noirs. Elle évolua adroitement, laissant

d'un côté le roc de Bouchaillie, dont la mer, très basse en ce moment, laissait émerger les fûts prismatiques, groupés en faisceau, et, de l'autre côté, cette chaussée qui borde le littoral, à gauche. Là est le meilleur mouillage de l'îlot ; là, l'endroit où les embarcations qui ont amené les touristes viennent les reprendre, après leur promenade sur les hauteurs de Staffa.

La *Clorinda* pénétra dans une petite anse, presque à l'entrée de la grotte de Clam-Shell ; le pic s'inclina sous ses drisses larguées, la trinquette fut amenée, l'ancre tomba au poste de mouillage.

Un instant après, miss Campbell et ses compagnons débarquaient sur les premières marches de basalte, à gauche de la grotte. Un escalier de bois, muni de garde-fous, était là, qui montait de la première assise jusqu'au dos arrondi de l'île.

Tous le prirent et atteignirent le plateau supérieur.

Ils étaient enfin à Staffa, aussi en dehors du monde habité que si quelque tempête les eût jetés sur le plus désert des îlots du Pacifique.

XVIII

STAFFA.

Si Staffa n'est qu'un simple îlot, la nature en a fait du moins le plus curieux de tout l'archipel des Hébrides. Ce gros rocher, de forme ovale, long d'un mille, large d'un demi, cache sous sa carapace d'admirables grottes d'origine basaltique. Aussi est-ce là le rendez-vous aussi bien des géologues que des touristes. Cependant, ni miss Campbell, ni les frères Melvill n'avaient encore visité Staffa. Seul, Olivier Sinclair en connaissait les merveilles. Il était donc tout désigné pour faire les honneurs de cette île, à laquelle ils étaient venus demander une hospitalité de quelques jours.

Ce rocher est uniquement dû à la cristallisation d'une énorme loupe de basalte, qui s'est figée là, aux premières périodes de formation de l'écorce

12.

terrestre. Et cela date de loin. En effet, suivant les observations d'Hemholtz, — concluant des expériences de Bischof sur le refroidissement du basalte, qui n'a pu fondre qu'à une température de deux mille degrés, — il n'a pas fallu, pour opérer son entier refroidissement, moins de trois cent cinquante millions d'années. Ce serait donc à une époque fabuleusement reculée que la solidification du globe, après avoir passé de l'état gazeux à l'état liquide, aurait commencé à se produire.

Si Aristobulus Ursiclos se fût trouvé là, il aurait eu matière à quelque belle dissertation sur les phénomènes de l'histoire géologique. Mais il était loin, miss Campbell ne pensait plus à lui, et, comme le dit le frère Sam au frère Sib :

« Laissons cette mouche tranquille sur la muraille ! »

Locution toute écossaise qui répond au « N'éveillons pas le chat qui dort » des Français.

Puis, on regarda et on se regarda.

« Il convient tout d'abord, dit Olivier Sinclair, de prendre possession de notre nouveau domaine.

— Sans oublier pour quel motif nous y sommes venus, répondit en souriant miss Campbell.

— Sans l'oublier, je le crois bien ! s'écria Olivier Sinclair. Allons donc chercher un poste d'observation, et voir quel horizon de mer se dessine à l'ouest de notre île.

— Allons, répondit miss Campbell; mais le temps est un peu embrumé aujourd'hui, et je ne crois pas que le coucher du soleil se fasse dans des conditions favorables.

— Nous attendrons, miss Campbell, nous attendrons, s'il le faut, jusqu'aux mauvais temps d'équinoxe.

— Oui, nous attendrons! répondirent les frères Melvill... tant qu'Helena ne nous ordonnera pas de partir.

— Eh! rien ne presse, mes oncles, répondit la jeune fille, toute heureuse depuis son départ d'Iona, non, rien ne presse. La situation de cet îlot est charmante. Une villa que l'on ferait construire au milieu de cette prairie, jetée comme un tapis verdoyant à sa surface, ne serait point désagréable à habiter, même quand les bourrasques que nous envoie si généreusement l'Amérique s'abattent sur les roches de Staffa.

— Hum! fit l'oncle Sib, elles doivent être terribles à cette extrême lisière de l'Océan!

— Elles le sont en effet, répondit Olivier Sinclair. Staffa est exposée à tous les vents du large, et n'offre d'abri que sur son littoral de l'est, là où est mouillée notre *Clorinda*. La mauvaise saison, en cette partie de l'Atlantique, y dure près de neuf mois sur douze.

— Voilà pourquoi, répondit le frère Sam, nous n'y voyons pas un seul arbre. Toute végétation doit dépérir sur ce plateau, pour peu qu'elle s'élève à quelques pieds au-dessus du sol.

— Eh bien, deux ou trois mois d'été à vivre sur cet îlot, cela n'en vaudrait-il pas la peine? s'écria miss Campbell. — Vous devriez acheter Staffa, mes oncles, si Staffa est à vendre. »

Le frère Sam et le frère Sib avaient déjà mis la main à leur poche, comme s'il se fût agi de solder l'acquisition, en oncles qui ne se refusent à aucune fantaisie de leur nièce.

« A qui appartient Staffa? demanda le frère Sib.

— A la famille des Mac-Donald, répondit Olivier Sinclair. Ils l'afferment douze livres [1] par an; mais je ne crois point qu'ils veuillent la céder à aucun prix.

— C'est dommage! » dit miss Campbell, qui, très enthousiaste par nature, comme on le sait, se trouvait alors dans une situation d'esprit à l'être plus encore.

Tout en causant, les nouveaux hôtes de Staffa

1. Environ 300 francs.

en parcouraient la surface inégale, que bossuaient
de larges ondulations de verdure. Ce jour-là n'était
point un des jours réservés par la Compagnie des
steamers d'Oban à la visite des petites Hébrides.
Aussi miss Campbell et les siens n'avaient-ils rien
à craindre de l'importunité des touristes. Ils étaient
seuls sur ce rocher désert. Quelques chevaux de
petite race, quelques vaches noires, paissaient l'herbe
maigre du plateau, dont les coulées de lave perçaient
çà et là la mince couche d'humus. Pas un berger
n'était préposé à leur garde, et si l'on surveillait ce
troupeau d'insulaires à quatre pattes, c'était de
loin, — peut-être d'Iona, ou même du littoral de
Mull, à quinze milles dans l'est.

Pas une habitation, non plus. Seulement les restes
d'une chaumière, démolie par les effroyables tempêtes qui se déchaînent de l'équinoxe de septembre
à l'équinoxe de mars. En vérité, douze livres, c'est
un beau fermage pour quelques acres de prairie,
dont l'herbe est rase comme un vieux velours usé
jusqu'à la trame.

L'exploration de l'îlot, à sa surface, fut donc
rapidement faite, et on ne s'occupa plus que d'observer l'horizon.

Il était bien évident que, ce soir-là, il n'y avait rien
à attendre du coucher de soleil. Avec cette mobilité

qui caractérise les jours de septembre, le ciel, si pur
la veille, s'était embrumé de nouveau. Vers six
heures, quelques nuages rougeâtres, de ceux qui
annoncent un prochain trouble de l'atmosphère, voi-
lèrent l'occident. Les frères Melvill purent même
constater, à regret, que l'anéroïde de la *Clorinda*
rétrogradait vers le variable, avec une certaine
tendance à le dépasser.

Donc, après la disparition du soleil derrière une
ligne que dentelaient les lames du large, tous revinrent à bord. La nuit se passa tranquillement dans
cette petite anse, formée des amorces de Clam-
Shell.

Le lendemain, 7 septembre, on décida de faire
une reconnaissance plus complète de l'îlot. Après
avoir exploré le dessus, il convenait d'explorer les
dessous. Ne fallait-il pas occuper son temps, puisqu'une véritable malechance — imputable au seul
Aristobulus Ursiclos — avait jusqu'alors empêché
l'observation du phénomène? D'ailleurs, il n'y eut
pas lieu de regretter cette excursion aux grottes,
qui ont justement rendu célèbre ce simple îlot de
l'archipel des Hébrides.

Ce jour-là fut employé à explorer d'abord la
« cave » de Clam-Shell, devant laquelle était mouillé
le yacht. Le maître-coq, sur l'avis d'Olivier Sinclair

se prépara même à y servir le déjeuner de midi.
Là, les convives pourraient se croire enfermés dans
la cale d'un navire. En effet, les prismes, longs
de quarante à cinquante pieds, qui forment l'ossa-
ture de la voûte ressemblent assez bien à la mem-
brure intérieure d'un bâtiment.

Cette grotte, haute de trente pieds environ, large
de quinze, profonde de cent, est d'un facile accès.
Ouverte à peu près à l'est, abritée des mauvais
vents, elle n'est point visitée par ces formidables
lames que les ouragans lancent sur les autres cavernes de l'îlot. Mais aussi, peut-être est-elle moins
curieuse.

Néanmoins, la disposition de ces courbes basaltiques, qui semblent plutôt indiquer le travail de
l'homme que celui de la nature, est bien fait pour
émerveiller.

Miss Campbell fut très enchantée de sa visite.
Olivier Sinclair lui faisait admirer les beautés de
Clam-Shell, sans doute avec moins de fatras scientifique que ne l'eût fait Aristobulus Ursiclos, mais
certainement avec plus de sens artiste.

« J'aimerais à garder un souvenir de notre visite
à Clam-Shell, dit miss Campbell.

— Rien de plus facile, » répondit Olivier Sinclair.

Et, en quelques coups de crayon, il fit le croquis

de cette grotte, pris du rocher qui émerge à l'extrémité de la grande chaussée basaltique. L'ouverture
de la cave, cet aspect d'énorme mammifère marin,
réduit à l'état de squelette que dessinent ses parois,
le léger escalier qui monte au sommet de l'île, l'eau
si tranquille et si pure à l'entrée, et sous laquelle se
dessine l'énorme substruction basaltique, tout fut
rendu avec beaucoup d'art sur la page de l'album.

Au bas, le peintre y ajouta cette mention, qui ne
gâtait rien :

Olivier Sinclair à miss Campbell.
Staffa, 7 septembre 1881.

Le déjeuner achevé, le capitaine John Olduck fit
armer la plus grande des deux embarcations de la
Clorinda ; ses passagers y prirent place, et, longeant
le pittoresque contour de l'île, ils se rendirent à la
grotte du Bateau, ainsi nommée parce que la mer
en occupe tout l'intérieur, et qu'on ne peut la visiter
à pied sec.

Cette grotte est située sur la partie sud-ouest de
l'îlot. Pour peu que la houle soit forte, il ne serait
pas prudent d'y pénétrer, car l'agitation des eaux y
est violente ; mais ce jour-là, bien que le ciel fût gros
de menaces, le vent n'avait pas encore fraîchi, et
l'exploration n'offrait aucun danger.

Au moment où l'embarcation de la *Clorinda* se présentait devant l'ouverture de la profonde excavation, le steamer, chargé des touristes d'Oban, venait mouiller en vue de l'île. Très heureusement, cette halte de deux heures pendant lesquelles Staffa appartint aux visiteurs du *Pioneer*, ne fut point pour troubler les convenances de miss Campbell et des siens.

Ils restèrent inaperçus dans la grotte du Bateau, pendant la promenade réglementaire, qui ne se fait qu'à la grotte de Fingal et à la surface de Staffa. Ils n'eurent donc point l'occasion de subir le contact de ce monde un peu bruyant, — ce dont ils se félicitèrent, et pour cause. En effet, pourquoi Aristobulus Ursiclos, après la disparition subite de ses compagnons, n'aurait-il pas pris, pour retourner à Oban, le steamer qui venait de faire escale à Iona? C'était, entre toutes, une rencontre à éviter.

Quoi qu'il en soit, que le prétendant évincé eût été ou non parmi les touristes du 7 septembre, il ne restait plus personne au départ du steamer. Lorsque miss Campbell, les frères Melvill et Olivier Sinclair furent sortis de ce long boyau, sorte de tunnel sans issue, qui semble avoir été foré dans une mine de basalte, ils retrouvèrent le calme ordinaire à ce

13

rocher de Staffa, isolé sur la lisière de l'Atlantique.

On cite un certain nombre de cavernes célèbres, en maint endroit du globe, mais plus particulièrement dans les régions volcaniques. Elles se distinguent par leur origine, qui est neptunienne ou pluto-nique.

En effet, de ces cavités, les unes ont été creusées par les eaux, qui, peu à peu, mordent, usent, évident même des masses granitiques, au point de les trans-former en vastes excavations : telles les grottes de Crozen en Bretagne, celles de Bonifacio en Corse, de Morghatten en Norvège, de Saint-Michel à Gibraltar, de Saratchell sur le littoral de l'île de Wight, de Tourane dans les falaises de marbre de la côte de Cochinchine.

Les autres, de formation toute différente, sont dues au retrait des parois de granit ou de basalte, produit par le refroidissement des roches ignées, et, dans leur contexture, elles offrent un caractère de brutalité qui manque aux grottes de création neptu-nienne.

Pour les premières, la nature, fidèle à ses prin-cipes, a économisé l'effort ; pour les secondes, elle a économisé le temps.

Aux excavations dont la matière a bouillonné au feu des époques géologiques, appartient la célèbre

grotte de Fingal, — Fingal's Cave, suivant la prosaïque expression anglaise.

C'est à l'exploration de cette merveille du globe
terrestre qu'allait être consacrée la journée du lendemain.

XIX

LA GROTTE DE FINGAL.

Si le capitaine de la *Clorinda* s'était trouvé depuis vingt-quatre heures dans un des ports du Royaume-Uni, il aurait eu connaissance d'un bulletin météorologique peu rassurant pour les navires en cours de navigation à travers l'Atlantique.

En effet, une bourrasque avait été annoncée par le fil de New-York. Après avoir traversé l'Océan de l'ouest au nord-est, elle menaçait de se jeter brutalement sur le littoral de l'Irlande et de l'Écosse, avant d'aller se perdre au delà des côtes de Norvège.

Mais, à défaut de ce télégramme, le baromètre du yacht indiquait prochainement un grand trouble atmosphérique, dont un marin prudent devait tenir compte.

Donc, le matin de ce 8 septembre, John Olduck,

un peu inquiet, se rendit sur la lisière rocheuse qui
borne Staffa vers l'ouest, afin de reconnaître l'état
du ciel et de la mer.

Des nuages aux formes peu accusées, des lam-
beaux de vapeurs plutôt que des nuages, chassaient
déjà avec une grande vitesse. La brise forçait, et
avant peu elle devait tourner à tempête. La mer
moutonnante blanchissait au large; les lames brisaient avec fracas sur les pieux basaltiques qui hé-
rissent la base de l'îlot.

John Olduck ne se sentit point rassuré. Bien que
la *Clorinda* fût relativement abritée dans l'anse de
Clam-Shell, ce n'était pas un mouillage sûr, même
pour un bâtiment de petite dimension. La poussée
des eaux, s'engouffrant entre les îlots et la chaussée
de l'est, devait produire un redoutable ressac, qui
rendrait assez dangereuse la situation du yacht. Il
convenait donc de prendre un parti, et de le prendre
avant que les passes ne devinssent impraticables.

Lorsque le capitaine fut de retour à bord, il y
trouva ses passagers, auxquels il fit part, avec ses
appréhensions, de la nécessité où il croyait être d'appareiller le plus tôt possible. A retarder de quelques
heures, on courait risque de trouver une mer démontée dans ce détroit de quinze milles qui sépare
Staffa de l'île de Mull. Or, c'était derrière cette île

qu'il convenait de se réfugier, et plus spécialement
au petit port d'Achnagraig, où la *Clorinda* n'aurait
rien à craindre des vents du large.

« Quitter Staffa ! s'écria tout d'abord miss Campbell. Perdre un si magnifique horizon !

— Je crois qu'il serait fort dangereux de rester au
mouillage de Clam-Shell, répondit John Olduck.

— S'il le faut ! ma chère Helena, dit le frère Sam.

— Oui, s'il le faut ! » ajouta le frère Sib.

Olivier Sinclair, voyant tout le déplaisir que ce
départ précipité causerait à miss Campbell, se hâta
de dire :

« Combien de temps, capitaine Olduck, pensez-
vous que puisse durer cette tempête ?

— Deux ou trois jours au plus, à cette époque de
l'année, répondit le capitaine.

— Et vous croyez nécessaire de partir ?

— Nécessaire et pressant.

— Quel serait votre projet ?

— Appareiller ce matin même. Avec le vent qui
fraîchit, nous pourrons être, avant ce soir, à Achnagraig, et nous reviendrons à Staffa dès que le mauvais temps sera passé.

— Pourquoi ne pas retourner à Iona, où la *Clorinda* pourrait être en une heure ? demanda le frère
Sam.

— Non... non... pas à Iona! répondit miss Campbell, devant qui se dressait déjà l'ombre d'Aristobulus Ursiclos.

— Nous ne serions pas beaucoup plus en sûreté dans le port d'Iona qu'au mouillage de Staffa, fit observer John Olduck.

— Eh bien, dit Olivier Sinclair, partez, capitaine, partez immédiatement pour Achnagraig, et laissez-nous à Staffa.

— A Staffa! répondit John Olduck, où vous n'avez même pas une maison pour vous abriter!

— La grotte de Clam-Shell ne peut-elle suffire pendant quelques jours? reprit Olivier Sinclair. Que nous y manquera-t-il? Rien! Nous avons à bord des provisions suffisantes, la literie de nos couchettes, des vêtements de rechange, que l'on peut débarquer, et enfin un cuisinier qui ne demandera pas mieux que de rester avec nous!

— Oui!... oui!... répondit miss Campbell en battant des mains; partez, capitaine, partez immédiatement avec votre yacht pour Achnagraig, et laissez-nous à Staffa. Nous serons là comme des abandonnés sur une île déserte. Nous nous y ferons une existence de naufragés volontaires. Nous guetterons le retour de la *Clorinda* avec les émotions, les transes, les angoisses de ces Robinsons, qui aper-

çoivent un bâtiment au large de leur île. Que sommes-
nous venus faire ici? du roman, n'est-il pas vrai,
monsieur Sinclair, et quoi de plus romanesque que
cette situation, mes oncles? Et d'ailleurs, une tempête, un coup de vent sur ce poétique îlot, les colères
d'une mer hyperboréenne, la lutte ossianesque des
éléments déchaînés, toute ma vie je me reprocherais
d'avoir manqué ce spectacle sublime! Partez donc,
capitaine Olduck! Nous resterons ici à vous attendre.

— Cependant... dirent les frères Melvill, auxquels
ce mot timide échappa presque simultanément.

— Il me semble que mes oncles ont parlé, répondit miss Campbell; mais je crois avoir un moyen
de les ranger à mon avis. »

Et allant leur donner à chacun le baiser du
matin :

« Voilà pour vous, oncle Sam. Voilà pour vous,
oncle Sib. Je gage maintenant que vous n'avez plus
rien à dire. »

Ils ne songeaient même pas à faire la moindre
objection. Dès qu'il convenait à leur nièce de rester
à Staffa, pourquoi ne pas rester à Staffa, et comment
n'avaient-ils pas eu tout d'abord cette idée si simple,
si naturelle, qui sauvegardait tous les intérêts?

Mais l'idée venait d'Olivier Sinclair, et miss Campbell crut devoir l'en remercier plus particulièrement.

Cela décidé, les matelots débarquèrent les objets nécessaires à un séjour dans l'île. Clam-Shell fut vite transformée en habitation provisoire sous le nom de Melvill House. On y serait aussi bien et même mieux que dans l'auberge d'Iona. Le cuisinier se chargea de trouver un emplacement convenable pour ses opérations, à l'entrée de la grotte, dans une anfractuosité évidemment destinée à cet usage.

Puis, miss Campbell et Olivier Sinclair, les frères Melvill, dame Bess et Partridge quittèrent la *Clorinda*, après que John Olduck eut laissé à leur disposition le petit canot du yacht, qui pouvait leur être utile pour aller d'une roche à l'autre.

Une heure après, la *Clorinda*, avec deux ris dans ses voiles, son mât de flèche calé, son petit foc de mauvais temps, appareillait de manière à contourner le nord de Mull, afin de gagner Achnagraig par le détroit qui sépare l'île de la franche terre. Ses passagers, du haut de Staffa, la suivirent du regard aussi loin que possible. Couchée sous la brise, comme une mouette dont l'aile rase les lames, une demi-heure plus tard, elle avait disparu derrière l'îlot de Gometra.

Mais, si le temps menaçait, le ciel n'était pas embrumé. Le soleil perçait encore à travers les grandes déchirures de nuages, que le vent entr'ouvrait au zénith. On pouvait se promener sur l'île, et

13.

suivre, en la contournant, le pied des falaises basaltiques. Aussi, le premier soin de miss Campbell et
des frères Melvill, sous la conduite d'Olivier Sinclair,
fut-il de se rendre à la grotte de Fingal.

Les touristes qui viennent d'Iona ont l'habitude de
visiter cette grotte avec les embarcations du steamer
d'Oban ; mais il est possible d'y pénétrer jusqu'à son
extrême profondeur, en débarquant sur les roches
de droite, où se trouve une sorte de quai praticable.

C'est ainsi qu'Olivier Sinclair résolut de faire cette
exploration, sans employer le canot de la *Clorinda*.

On sortit donc de Clam-Shell. On prit par la
chaussée, qui borde le littoral à l'orient de l'île.
L'extrémité des fûts, enfoncés verticalement, comme
si quelque ingénieur eût battu là des pieux de basalte,
formait un pavé solide et sec, au pied des grandes
roches. Cette promenade de quelques minutes se fit
en causant, en admirant les îlots, caressés par le
ressac, dont une eau verte laissait voir jusqu'à la
base. On ne saurait imaginer plus admirable route
pour conduire à cette grotte, digne d'être habitée par
quelque héros des *Mille et une Nuits*.

Arrivés à l'angle sud-est de l'île, Olivier Sinclair fit
gravir à ses compagnons plusieurs marches naturelles, qui n'eussent point déparé l'escalier d'un
palais.

C'est à l'angle du palier que se dressent les piliers extérieurs, groupés contre les parois de la grotte, comme ceux du petit temple de Vesta à Rome, mais juxtaposés, de manière à dissimuler le gros œuvre. A leur faîte s'appuie l'énorme massif dont est formé ce coin de l'îlot. Le clivage oblique de ces roches, qui semblent être disposées suivant la coupe géométrique des pierres de l'intrados d'une voûte, contraste singulièrement avec le dressage vertical des colonnes qui le supportent.

Au pied des marches, la mer, moins calme, sentant déjà les troubles du large, s'élevait et s'abaissait doucement, comme par un effort de respiration.

Là se réflétait tout le soubassement du massif, dont l'ombre noirâtre ondulait sous les eaux.

Arrivé au palier supérieur, Olivier Sinclair tourna à gauche, et montra à miss Campbell une sorte de quai étroit, ou plutôt une banquette naturelle, qui suivait la paroi jusqu'au fond de la grotte. Une rampe, à montants de fer scellés dans le basalte, servait de main courante entre la muraille et l'arête aiguë du petit quai.

« Ah! dit miss Campbell, ce garde-fou me gâte quelque peu le palais de Fingal!

— En effet, répondit Olivier Sinclair, c'est l'inter-

vention de la main de l'homme dans l'œuvre de la
nature.

— S'il est utile, il faut s'en servir, dit le frère
Sam.

— Et je m'en sers! » ajouta le frère Sib.

Au moment d'entrer dans Fingal's Cave, les visiteurs s'arrêtèrent, sur le conseil de leur guide.

Devant eux s'ouvrait une sorte de nef, haute et
profonde, pleine d'une mystérieuse pénombre.
L'écart entre les deux parois latérales, au niveau de
la mer, mesurait trente-quatre pieds environ. A
droite et à gauche, des piliers de basalte, pressés les
uns contre les autres, cachaient, comme dans certaines cathédrales de la dernière période gothique,
la masse des murs de soutènement. Sur le chapiteau
de ces piliers s'appuyaient les retombées d'une
énorme voûte ogivale, qui, sous clef, s'élevait de cinquante pieds au-dessus des eaux moyennes.

Miss Campbell et ses compagnons, émerveillés de
ce premier aspect, durent enfin s'arracher à leur contemplation et suivre cette saillie, qui forme la banquette intérieure.

Là se rangent, dans un ordre parfait, des centaines
de colonnes prismatiques, mais de taille inégale,
semblables aux produits d'une cristallisation gigantesque. Leurs fines arêtes se dégagent aussi nette-

ment que si le ciseau d'un ornemaniste en eût profilé
les lignes. Aux angles rentrants des unes s'adaptent
géométriquement les angles sortants des autres. A
celles-ci, il y a trois pans ; à celles-là, quatre, cinq,
six et jusqu'à sept ou huit, — ce qui, dans l'unifor-
mité générale du style, met une variété qui prouve
en faveur du sens artiste de la nature.

La lumière, venue du dehors, se jouait sur tous ces
angles à facettes. Reprise par l'eau intérieure, réflé-
chie comme dans un miroir, s'imprégnant aux pierres
sous-marines, aux herbes aquatiques, de teintes
vertes, rouge sombre ou jaune clair, elle allumait de
mille éclats les saillies des basaltes, qui plafonnaient
en caissons irréguliers à la voûte de cette hypogée
sans rivale au monde.

Au dedans régnait une sorte de silence sonore, —
s'il est permis d'accoupler ces deux mots, — ce
silence spécial aux excavations profondes, que les
visiteurs ne songeaient pas à interrompre. Seul, le
vent y promenait un effluve de ces longs accords,
qui semblent faits d'une mélancolique série de sep-
tièmes diminuées, s'enflant et s'éteignant peu à peu.
On eût cru entendre, sous son souffle puissant, résonner tous ces prismes comme les languettes d'un
énorme harmonica. N'est-ce pas à cet effet bizarre
qu'est dû le nom d'An-Na-Vine, « la grotte harmo-

nieuse », ainsi que cette caverne est appelée en langage celtique ?

« Et quel nom pouvait mieux lui convenir ? dit Olivier Sinclair, puisque Fingal était le père d'Ossian, dont le génie a su confondre en un seul art la poésie et la musique.

— Sans doute, répondit le frère Sam ; mais, comme le disait Ossian lui-même : « Quand mon oreille entendra-t-elle le chant des bardes ? Quand mon cœur palpitera-t-il au récit des actions de mes pères ? La harpe ne fait plus retentir les bois de Sebora ! »

— Oui, ajouta le frère Sib, « le palais est maintenant désert, et les échos ne répéteront plus les chants d'autrefois ! »

La profondeur totale de la grotte est estimée à cent cinquante pieds environ. Au fond de la nef apparaît une sorte de buffet d'orgue, où se profilent un certain nombre de colonnes d'un gabarit moindre qu'à l'entrée, mais d'une égale perfection de lignes.

Là, Olivier Sinclair, miss Campbell, ses deux oncles, voulurent s'arrêter un instant.

De ce point, la perspective, s'ouvrant en plein ciel, était admirable. L'eau, imprégnée de lumière, laissait voir la disposition du fond sous-marin, formé de bouts de fûts, ayant depuis quatre jusqu'à sept côtés, enchâssés les uns aux autres, comme les car-

eaux d'une mosaïque. Sur les parois latérales, il
se faisait d'étonnants jeux de lumière et d'ombre.
Tout s'éteignait, lorsque quelque nuage tombait
devant l'ouverture de la grotte, comme un rideau de
gaze sur le proscenium d'un théâtre. Tout resplen-
dissait, au contraire, et s'égayait des sept couleurs
du prisme, quand une bouffée de soleil, réverbérée
par le cristal du fond, s'enlevait en longues plaques
lumineuses jusqu'au chevet de la nef.

Au delà, la mer brisait sur les premières assises
de l'arc gigantesque. Ce cadre, noir comme une bordure d'ébène, laissait leur entière valeur aux arrière-
plans. Au delà, l'horizon de ciel et d'eau apparaissait
dans toute sa splendeur, avec les lointains d'Iona,
qui, à deux milles au large, découpait en blanc les
ruines de son monastère.

Tous, en extase devant ce féerique décor, ne savaient comment formuler leurs impressions.

« Quel palais enchanté! dit enfin miss Campbell,
et quel esprit prosaïque serait celui qui se refuserait
à croire qu'un Dieu l'a créé pour les sylphes et les
ondines! Pour qui vibreraient, au souffle des vents,
les sons de cette grande harpe éolienne? N'est-ce
pas cette musique surnaturelle que Waverley entendait dans ses rêves, cette voix de Selma dont notre romancier a noté les accords pour en bercer ses héros?

— Vous avez raison, miss Campbell, répondit Olivier, et, sans doute, lorsque Walter Scott cherchait ses images dans ce poétique passé des highlands, il songeait au palais de Fingal.

— C'est ici que je voudrais évoquer l'ombre d'Ossian ! reprit l'enthousiaste jeune fille. Pourquoi l'invisible barde ne réapparaîtrait-il pas à ma voix, après quinze siècles de sommeil ? J'aime à penser que l'infortuné, aveugle comme Homère, poète comme lui, chantant les grands faits d'armes de son époque, s'est plus d'une fois réfugié dans ce palais, qui porte encore le nom de son père ! Là, sans doute, les échos de Fingal ont souvent répété ses inspirations épiques et lyriques, dans le plus pur accent des idiomes de Gaël. Ne croyez-vous pas, monsieur Sinclair, que le vieil Ossian a pu s'asseoir à la place même où nous sommes, et que les sons de sa harpe ont dû se mêler aux rauques accents de la voix de Selma ?

— Comment ne pas croire, miss Campbell, répondit Olivier Sinclair, à ce que vous dites avec un tel accent de conviction ?

— Si je l'invoquais ? » murmura miss Campbell.

Et de sa voix fraîche, elle jeta à plusieurs reprises le nom du vieux barde à travers les vibrations du vent.

Mais, quel que fût le désir de miss Campbell, et

bien qu'elle l'eût appelé par trois fois, l'écho seul répondit. L'ombre d'Ossian n'apparut pas dans le palais paternel.

Cependant, le soleil avait disparu sous d'épaisses vapeurs, la grotte s'emplissait de lourdes ombres, la mer commençait à grossir au dehors; ses longues ondulations venaient déjà se briser bruyamment sur les derniers basaltes du fond.

Les visiteurs reprirent donc l'étroite banquette, à demi couverte par l'embrun des lames; ils tournèrent l'angle de l'îlot, violemment éventé, contre lequel butait le vent du large; puis ils se retrouvèrent momentanément à l'abri sur la chaussée.

Le mauvais temps s'était accru notablement depuis deux heures. La bourrasque prenait du corps en se jetant sur le littoral d'Écosse et menaçait de tourner à l'ouragan. Mais miss Campbell et ses compagnons, garantis par les falaises basaltiques, purent aisément gagner Clam-Shell.

Le lendemain, sous un nouvel abaissement de la colonne barométrique, le vent se déchaîna avec une grande impétuosité. Des nuages, plus épais, plus livides, emplirent l'espace, en se maintenant dans une zone moins élevée. Il ne pleuvait pas encore, mais le soleil ne se montrait plus, même à de rares intervalles.

Miss Campbell ne parut pas aussi contrariée de ce contre-temps qu'on l'eût pu croire. Cette existence, sur un îlot désert, fouetté par la tempête, allait à sa nature ardente. Comme une héroïne de Walter Scott, elle se plaisait à errer parmi les roches de Staffa, absorbée dans des pensées nouvelles, le plus souvent seule, et chacun respectait sa solitude.

Plusieurs fois, aussi, elle retourna à cette grotte de Fingal, dont la poétique étrangeté l'attirait. Là, rêveuse, elle passait des heures entières et tenait peu compte des recommandations qui lui étaient faites de ne point s'y aventurer imprudemment.

Le lendemain, 9 septembre, le maximum de dépression s'était porté sur les côtes de l'Écosse. A ce centre de la bourrasque, les courants aériens se déplacèrent avec une violence sans égale. C'était un ouragan. Il eût été impossible de lui résister sur le plateau de l'île.

Vers sept heures du soir, au moment où le dîner les attendait dans Clam-Shell, Olivier Sinclair et les frères Melvill eurent lieu d'être extrêmement inquiets.

Miss Campbell, partie depuis trois heures, sans dire où elle allait, n'était pas encore de retour.

On prit patience, non sans une anxiété croissante, jusqu'à six heures... Miss Campbell ne reparaissait pas.

Plusieurs fois, Olivier Sinclair monta sur le plateau de l'île... Il n'y vit personne.

La tempête se déchaînait alors avec une incomparable fureur, et la mer, soulevée en vagues énormes, battait sans relâche toute la partie de l'ilot exposée au sud-ouest.

« Malheureuse miss Campbell! s'écria tout à coup Olivier Sinclair ; si elle est encore dans la grotte de Fingal, il faut l'en arracher, ou elle est perdue! »

XX

POUR MISS CAMPBELL!

Quelques instants après, Olivier Sinclair, ayant franchi la chaussée d'un pas rapide, arrivait devant l'entrée de la grotte, à l'endroit où montait l'escalier de basalte.

Les frères Melvill et Partridge l'avaient suivi de près.

Dame Bess était restée à Clam-Shell, attendant avec une inexprimable anxiété, préparant tout afin de recevoir Helena à son retour.

La mer se soulevait assez déjà pour couvrir le palier supérieur, elle déferlait par-dessus le garde-fou, et rendait impossible tout passage par la banquette.

De l'impossibilité de pénétrer dans la grotte, résultait l'impossibilité d'en sortir. Si miss Campbell s'y trouvait, elle y était prisonnière! Mais comment le savoir, comment arriver jusqu'à elle?

« Helena! Helena! »

Ce nom, jeté dans le grondement continu des flots, pouvait-il être entendu? C'était comme un tonnerre de vent et de lames qui s'engouffrait dans la grotte. Ni la voix ni le regard n'étaient assez puissants pour entrer.

« Peut-être miss Campbell n'est-elle pas là? dit le frère Sam, qui voulait se rattacher à cet espoir.

— Où serait-elle? répondit le frère Sib.

— Oui! où serait-elle alors? s'écria Olivier Sinclair. Ne l'ai-je pas vainement cherchée sur le plateau de l'île, au milieu des roches du littoral, partout? Ne serait-elle pas déjà revenue près de nous, si elle avait pu revenir? Elle est là!... là! »

Et l'on se rappelait l'enthousiaste et téméraire désir, plusieurs fois exprimé par l'imprudente jeune fille, d'assister à quelque tempête dans la grotte de Fingal. Avait-elle donc oublié que la mer, démontée par l'ouragan, l'envahirait jusqu'au faîte et en ferait une prison, dont il ne serait pas possible de forcer la porte?

Que pouvait-on maintenant tenter pour arriver jusqu'à elle et pour la sauver?

Sous l'impulsion de l'ouragan, qui battait de plein

fouet cet angle de l'îlot, les lames s'élevaient parfois
jusqu'au sommet de la voûte. Là, elles se brisaient
avec un fracas assourdissant. Le trop-plein des eaux,
repoussé au choc, retombait en nappes écumantes,
comme les cataractes d'un Niagara ; mais la portion
inférieure des lames, poussées par la houle du large,
se précipitait au dedans avec la violence d'un torrent
dont le barrage se serait subitement rompu. C'était
donc au fond même de la grotte que la mer venait
se heurter.

En quel endroit miss Campbell aurait-elle pu
trouver un refuge qui n'eût pas été assailli par ces
lames ? Le chevet de la grotte était directement
exposé à leurs coups, et, dans leur flux comme dans
leur reflux, elles devaient irrésistiblement balayer la
banquette.

Et cependant on voulait encore se refuser à croire
que la téméraire jeune fille fût là ! Comment eût-elle
pu résister à cet envahissement d'une mer furieuse
dans cette impasse ? Est-ce que son corps mutilé,
déchiré, repris par les remous, n'aurait pas été déjà
rejeté au dehors ? Est-ce que le courant de la marée
montante ne l'eût pas alors entraîné le long de la
chaussée et des récifs jusqu'à Clam-Shell ?

« Helena ! Helena ! »

Ce nom était toujours jeté obstinément dans le

brouhaha des vents et des flots. Pas un cri ne lui répondait et ne pouvait lui répondre.

« Non! non! elle n'est pas dans cette grotte! répétaient les frères Melvill, désespérés.

— Elle y est ! » dit Olivier Sinclair.

Et, de la main, il montra un morceau d'étoffe que le retrait d'une lame rejetait sur une des marches de basalte.

Olivier Sinclair se précipita sur le lambeau.

C'était le « snod », le ruban écossais que miss Campbell portait à ses cheveux.

Le doute eût-il été possible, maintenant ?

Mais alors, si ce ruban avait pu lui être arraché, pouvait-il se faire que miss Campbell n'eût pas été broyée du même coup contre les parois de Fingal's Cave ?

« Je le saurai ! » s'écria Olivier Sinclair.

Et profitant d'un reflux qui dégageait à demi la banquette, il saisit le premier montant du garde-fou ; mais une masse d'eau l'arracha et le renversa sur le palier. Si Partridge ne se fût pas jeté sur lui au risque de sa vie, Olivier Sinclair roulait jusqu'à la dernière marche, et la mer l'entraînait, sans qu'il eût été possible de lui porter secours.

Olivier Sinclair s'était relevé. Sa résolution de pénétrer dans la grotte n'avait pas faibli.

« Miss Campbell est là! répéta-t-il. Elle est vivante, puisque son corps n'a pas été rejeté au dehors, comme ce lambeau d'étoffe! Il est donc possible qu'elle ait trouvé un refuge dans quelque anfractuosité! Mais ses forces s'useront vite! Elle ne pourra résister jusqu'au moment où la marée sera basse!... Il faut donc arriver jusqu'à elle!

— J'irai! dit Partridge.

— Non!... moi! » répondit Olivier Sinclair.

Un suprême moyen d'arriver jusqu'à miss Campbell allait être tenté par lui, et, cependant, c'est à peine si ce moyen lui laisserait une chance sur cent de réussir.

« Attendez-nous ici, messieurs, dit-il aux frères Melvill. Dans cinq minutes, nous serons de retour. Venez, Partridge! »

Les deux oncles restèrent à l'angle extérieur de l'îlot, à l'abri de la falaise, en cet endroit que la mer ne pouvait atteindre, tandis qu'Olivier Sinclair et Partridge retournaient au plus vite à Clam-Shell.

Il était huit heures et demie du soir.

Cinq minutes après, le jeune homme et le vieux serviteur reparaissaient, traînant le long de la chaussée le petit canot de la *Clorinda* que leur avait laissé le capitaine John Olduck.

Olivier Sinclair allait-il donc se faire jeter par mer

dans la grotte, puisque le passage par terre lui était interdit?

Oui! il allait le tenter. C'était sa vie qu'il risquait Il le savait. Il n'hésita pas.

Le canot fut amené au pied de l'escalier, à l'abri du ressac, en retour de l'une des marches basaltiques.

« Je vais avec vous, dit Partridge.

— Non, Partridge, répondit Olivier Sinclair, non! Il ne faut pas surcharger inutilement une aussi petite embarcation! Si miss Campbell est encore vivante, je suffirai seul!

— Olivier! s'écrièrent les deux frères, qui ne purent contenir leurs sanglots, Olivier, sauvez notre fille! »

Le jeune homme leur serra la main; puis, sautant dans le canot, il s'assit sur le banc du milieu, saisit les deux avirons, gagna adroitement dans le remous, et attendit un instant le reflux d'une énorme lame, qui l'emporta en face de Fingal's Cave.

Là, le canot fut soulevé, mais Olivier Sinclair, par une manœuvre adroite, parvint à le maintenir en ligne; s'il était venu en travers, il aurait inévitablement chaviré.

Une première fois, la mer hissa la frêle embarcation presque à la hauteur de la voûte. On put croire

14

que cette coquille allait se briser contre le massif
rocheux; mais, en se retirant, la lame la remporta
au large par un mouvement de recul irrésistible.

Trois fois l'embarcation fut ainsi balancée, puis
précipitée vers la grotte, puis ramenée en arrière,
sans avoir trouvé un passage à travers les eaux qui
barraient l'ouverture. Olivier Sinclair, maître de lui,
se maintenait avec ses avirons.

Enfin, une plus haute crête enleva le canot; il
oscilla un instant sur ce dos liquide presque à la
hauteur du plateau de l'île; puis une dénivellation
profonde se creusa jusqu'au pied de la grotte, et
Olivier Sinclair fut lancé obliquement, comme s'il
eût descendu les pentes d'une cataracte.

Un cri d'épouvante échappa aux témoins de cette
scène. Il semblait que l'embarcation allait être
irrésistiblement brisée contre les piliers de gauche,
à l'angle d'entrée.

Mais l'intrépide jeune homme redressa son canot
par un coup d'aviron; l'ouverture était alors dégagée,
et avec la rapidité d'une flèche, un peu avant que la
mer ne se relevât en une énorme masse, il disparut
à l'intérieur de la grotte.

Une seconde après, les nappes liquides s'abat-
taient comme une avalanche et déferlaient jusqu'à
l'arête supérieure de l'îlot.

Le canot était-il allé se briser contre le fond, et fallait-il maintenant compter deux victimes au lieu d'une?

Il n'en était rien. Olivier Sinclair avait passé rapidement, sans heurter le plafond inégal de la voûte. En se renversant à plat dans l'embarcation, le choc des faisceaux basaltiques, qui débordaient, lui avait été épargné. Dans l'espace d'une seconde, il venait d'atteindre la paroi opposée, n'ayant qu'une crainte, celle d'être ramené au dehors avec le remous, sans avoir pu s'accrocher à quelque saillie du fond.

Heureusement, le canot, dans un choc que l'ondulation inverse adoucit, vint heurter les piliers de cette espèce de buffet d'orgue, dressé au chevet de Fingal's Cave; il s'y brisa à demi, mais Olivier Sinclair put saisir un morceau de basalte, s'y retenir avec la ténacité de l'homme qui se noie, puis se hisser à l'abri de la mer.

Un instant après, le canot disloqué, repris par une lame sortante, était rejeté au dehors, et, avec la pensée que le hardi sauveteur devait avoir péri, les frères Melvill et Partridge voyaient reparaître l'épave.

XXI

TOUTE UNE TEMPÊTE DANS UNE GROTTE.

Olivier Sinclair était sain et sauf, et momentanément en sûreté. L'obscurité était alors assez profonde pour qu'il ne pût rien voir à l'intérieur. Le jour crépusculaire ne pénétrait qu'entre l'intervalle de deux lames, lorsque l'entrée se dégageait à demi de la masse des eaux.

Olivier Sinclair, cependant, essaya de reconnaître en quel endroit miss Campbell avait pu trouver un refuge... Ce fut en vain.

Il appela :

« Miss Campbell! miss Campbell! »

Comment dépeindre ce qui se passa en lui, lorsqu'il entendit une voix lui répondre :

« Monsieur Olivier! Monsieur Olivier! »

Miss Campbell était vivante.

Mais en quel endroit avait-elle pu se mettre hors de la portée de l'assaut des lames?

Olivier Sinclair, rampant sur la banquette, contourna le fond de Fingal's Cave.

Dans la paroi de gauche, un retrait du basalte avait ménagé une anfractuosité, évidée comme une niche. Là, les piliers s'étaient disjoints. Le réduit, assez large à son ouverture, se rétrécissait, de manière à ne laisser de place que pour une personne. La légende donnait à ce trou le nom de « fauteuil de Fingal ».

C'était dans ce réduit que miss Campbell, surprise par l'envahissement de la mer, s'était réfugiée.

Quelques heures avant, la marée descendant, l'entrée de la grotte était aisément praticable, et l'imprudente était venue y faire sa visite quotidienne. Là, plongée dans ses rêveries, elle ne se doutait pas du danger dont la menaçait le flot montant, elle n'avait rien observé de ce qui se passait au dehors. Lorsqu'elle voulut sortir, quel fut son effroi, quand elle ne trouva plus d'issue à travers cette invasion des eaux !

Miss Campbell ne perdit pas la tête, cependant; elle chercha à se mettre à l'abri, et, après deux ou trois vaines tentatives pour regagner le palier exté-

14.

rieur, elle put, non sans avoir risqué vingt fois
d'être emportée, atteindre ce fauteuil de Fingal.

C'est là qu'Olivier Sinclair la trouva blottie, hors
de la portée des coups de mer.

« Ah! miss Campbell! s'écria-t-il, comment avez-
vous été assez imprudente pour vous exposer ainsi,
au début d'une tempête! Nous vous avons crue
perdue!

— Et vous êtes venu pour me sauver, monsieur
Olivier, répondit miss Campbell, plus touchée du
courage du jeune homme qu'effrayée des dangers
qu'elle pouvait courir encore!

— Je suis venu pour vous tirer d'un mauvais
pas, miss Campbell, et j'y réussirai avec l'aide de
Dieu! — Vous n'avez pas peur?

— Je n'ai pas peur... non!... Puisque vous êtes
là, je ne crains plus rien... Et, d'ailleurs, puis-je
avoir un autre sentiment que celui de l'admiration devant un tel spectacle!... Regardez! »

Miss Campbell s'était reculée jusqu'au fond de
l'étroit réduit. Olivier Sinclair, debout devant elle,
cherchait à l'abriter de son mieux, lorsque quelque
lame, plus furieusement soulevée, menaçait de l'atteindre.

Tous deux se taisaient. Olivier Sinclair avait-il
besoin de parler pour se faire comprendre! A quoi

bon des paroles pour exprimer tout ce que ressentait miss Campbell?

Cependant, le jeune homme voyait avec une indicible angoisse, non pour lui, mais pour miss Campbell, s'accroître les menaces du dehors. A entendre les hurlements du vent, les fracas de la mer, ne comprenait-il pas que la tempête se déchaînait avec une fureur croissante? N'apercevait-il pas le niveau des eaux s'élever avec la marée, qui devait les gonfler pendant plusieurs heures encore?

Où s'arrêterait la montée de la mer, à laquelle la houle du large allait donner une hauteur anormale? On ne pouvait le prévoir; mais, ce qui n'était que trop visible, c'est que peu à peu la grotte s'emplissait davantage. Si l'obscurité n'y était pas complète alors, c'est que la crête des lames s'imprégnait confusément de la lumière extérieure. En outre, de larges plaques phosphorescentes jetaient çà et là comme une sorte de brasiement électrique, qui s'accrochait aux angles des basaltes, allumait les arêtes des prismes, et laissait après lui une vague lueur livide.

Pendant la rapide apparition de ces éclairs, Olivier Sinclair se retournait vers miss Campbell. Il la regardait avec une émotion que le danger ne provoquait pas seul.

Miss Campbell était souriante, et toute à la sublimité de ce spectacle : une tempête dans cette caverne !

En ce moment, une houle plus forte s'éleva jusqu'à l'anfractuosité du fauteuil de Fingal. Olivier Sinclair crut qu'elle et lui allaient être délogés de leur abri.

Il saisit la jeune fille dans ses bras, comme une proie que la mer voulait lui arracher.

« Olivier ! Olivier !... s'écria miss Campbell, dans un mouvement d'épouvante dont elle ne fut pas maîtresse.

— Ne craignez rien, Helena ! répondit Olivier Sinclair. Je vous défendrai, Helena !... je... »

Il disait cela. Il la défendrait ! Mais comment ? Comment pourrait-il la soustraire à la violence des lames, si leur fureur s'accroissait, si les eaux montaient plus haut encore, si la place devenait intenable au fond de ce réduit ? En quel autre endroit irait-il chercher refuge ? Où trouverait-il un abri qui fût hors de la portée de ce monstrueux soulèvement de la mer ? Toutes ces éventualités lui apparurent dans leur réalité terrible.

Du sang-froid avant tout. C'est à rester maître de lui-même qu'Olivier Sinclair s'appliqua résolûment.

Et il le fallait, d'autant mieux que, sinon la force
morale, du moins la force physique finirait par
manquer à la jeune fille. Épuisée par une trop
longue lutte, la réaction se ferait en elle. Olivier
Sinclair sentit que déjà elle s'affaiblissait peu à peu.
Il voulut la rassurer, bien qu'il sentît l'espoir l'abandonner lui-même.

« Helena... ma chère Helena! murmura-t-il, à
mon retour à Oban... je l'ai appris... c'est vous...
c'est grâce à vous que j'ai été sauvé du gouffre
de Corryvrekan!

— Olivier... vous saviez!... répondit miss Campbell d'une voix presque éteinte.

— Oui... et je m'acquitterai aujourd'hui!... Je
vous sauverai de la grotte de Fingal! »

Comment Olivier Sinclair osait-il parler de salut,
à ce moment où la masse des eaux se brisait au
pied même du réduit! Il ne parvenait qu'impar-
faitement à défendre sa compagne de leurs atteintes.
Deux ou trois fois, il faillit être entraîné... Et s'il
résista, ce ne fut que par un effort surhumain,
sentant les bras de miss Campbell comme noués à
sa taille, et comprenant que la mer l'eût emportée
avec lui.

Il pouvait être neuf heures et demie du soir. La
tempête devait avoir atteint alors son maximum

d'intensité. En effet, les eaux montantes se précipitaient dans Fingal's Cave avec l'impétuosité d'une avalanche. De leur choc sur le fond et les murailles latérales, il résultait un fracas assourdissant, et telle était leur fureur que des morceaux de basalte, se détachant des parois, creusaient, en tombant, des trous noirs dans l'écume phosphorescente.

Sous cet assaut, dont rien ne peut rendre la violence, les piliers allaient-ils donc s'abîmer pierre par pierre? La voûte risquait-elle de s'effondrer? Olivier Sinclair pouvait tout craindre. Lui aussi se sentait pris d'une insurmontable torpeur, contre laquelle il tentait de réagir. C'est que l'air manquait parfois, et, s'il entrait abondamment avec les lames, les lames semblaient l'aspirer, lorsque le reflux les emportait au dehors.

Dans ces conditions, miss Campbell, épuisée, ses forces l'abandonnant, fut prise de défaillance.

« Olivier!... Olivier!... » murmura-t-elle en se laissant aller dans ses bras.

Olivier Sinclair s'était blotti avec la jeune fille dans la partie la plus profonde du réduit. Il la sentait froide, inanimée. Il voulait la réchauffer, il voulait lui communiquer toute la chaleur qui restait en lui.

Mais déjà les eaux l'atteignaient à mi-corps, et,

s'il perdait connaissance à son tour, c'en était fait de tous les deux!

Cependant l'intrépide jeune homme eut la force de résister pendant plusieurs heures encore. Il soutenait miss Campbell, il la couvrait du choc des coups de la mer, il luttait en s'arc-boutant aux saillies des basaltes, — et cela au milieu d'une obscurité que l'extinction des phosphorescences rendait profonde, au milieu de ce tonnerre continu fait de heurts, de mugissements, de sifflements. Ce n'était plus, maintenant, la voix de Selma, résonnant dans le palais de Fingal! C'étaient ces aboiements épouvantables des chiens du Kamtchatka, lesquels, dit Michelet, « en grandes bandes, par milliers, dans les longues nuits hurlent contre la vague hurlante, et font assaut de fureur avec l'océan du Nord! »

Enfin la marée commença à descendre. Olivier Sinclair put reconnaître qu'avec l'abaissement des eaux un peu d'apaisement se faisait dans les houles du large. Alors l'obscurité était si complète, qu'au dehors il faisait relativement jour. Dans cette demi-ombre, l'ouverture de la grotte, que n'obstruait plus le bondissement de la mer, se dessina confusément.

Bientôt les embruns seuls arrivèrent au seuil du fauteuil de Fingal. Maintenant, ce n'était plus ce lasso étranglant des lames qui enserre et arrache. L'espoir revint au cœur d'Olivier Sinclair.

En calculant le temps d'après la pleine mer, on pouvait établir que minuit était passé. Deux heures encore, et la banquette, ne serait plus balayée par les crêtes déferlantes. Elle redeviendrait alors praticable. C'est ce qu'il fallait chercher à voir dans l'obscurité, et c'est ce qui arriva enfin.

Le moment de quitter la grotte était venu.

Cependant, miss Campbell n'avait pas recouvré connaissance. Olivier Sinclair la prit tout inerte dans ses bras ; puis, se glissant hors du fauteuil de Fingal, il commença à suivre l'étroite saillie, dont les coups de mer avaient tordu, arraché, brisé les montants de fer.

Lorsqu'une lame courait sur lui, il s'arrêtait un instant, ou reculait d'un pas.

Enfin, au moment où Olivier Sinclair allait atteindre l'angle extérieur, un dernier soulèvement des eaux l'enveloppa tout entier... Il crut que miss Campbell et lui allaient être broyés contre la paroi ou précipités dans ce gouffre mugissant sous leurs pieds...

Par un dernier effort, il parvint à résister, et, profitant du retrait du coup de mer, il se précipita hors de la grotte.

En un instant, il avait atteint l'angle de la falaise, où les frères Melvill, Partridge et dame Bess, qui les avait rejoints, étaient restés toute la nuit.

Elle et lui étaient sauvés.

Là, ce paroxysme d'énergie morale et physique, auquel Olivier Sinclair était arrivé, l'abandonna à son tour; il tomba sans mouvement au pied des roches, après avoir remis miss Campbell entre les bras de dame Bess.

Sans son dévouement et son courage, Helena ne fût pas sortie vivante de la grotte de Fingal.

XXII

LE RAYON-VERT.

Quelques minutes après, sous la fraîcheur de l'air, au fond de Clam-Shell, miss Campbell revenait à elle, comme d'un rêve, dont l'image d'Olivier Sinclair avait occupé toutes les phases. Des dangers auxquels l'avait exposée son imprudence, elle ne se souvenait même plus.

Elle ne pouvait parler encore ; mais, à la vue d'Olivier Sinclair, quelques larmes de reconnaissance lui vinrent aux yeux, et elle tendit la main à son sauveur.

Le frère Sam et le frère Sib, sans pouvoir dire un mot, pressaient le jeune homme dans une même étreinte. Dame Bess lui faisait révérence sur révérence, et Partridge avait bonne envie de l'embrasser.

Puis, la fatigue l'emportant, après que chacun
eut remplacé par des vêtements de rechange ceux
qu'avaient trempés les eaux de la mer et du ciel,
tous s'endormirent, et la nuit s'acheva paisible-
ment.

Mais l'impression qu'ils avaient ressentie ne devait
jamais s'effacer du souvenir des acteurs et des
témoins de cette scène, qui avait eu pour théâtre
cette légendaire grotte de Fingal.

Le lendemain, pendant que miss Campbell reposait sur la couchette qui lui avait été réservée au
fond de Clam-Shell, les frères Melvill se promenaient, bras dessus, bras dessous, sur la partie de
la chaussée avoisinante. Ils ne parlaient pas, mais
avaient-ils besoin de paroles pour exprimer les
mêmes pensées? Tous deux remuaient la tête, au
même moment, de bas en haut, lorsqu'ils affirmaient; de droite à gauche, lorsqu'ils niaient. Et
que pouvaient-ils affirmer, si ce n'est qu'Olivier
Sinclair avait risqué sa vie pour sauver l'imprudente jeune fille? Et que niaient-ils ? c'est que leurs
premiers projets fussent maintenant réalisables.
Dans cette conversation à la muette, il se disait
aussi bien des choses, dont le frère Sam et le
frère Sib prévoyaient le prochain accomplissement.
A leurs yeux, Olivier n'était plus Olivier! Ce n'était

rien moins qu'Amin, le plus parfait héros des épopées gaéliques.

De son côté, Olivier Sinclair était en proie à une surexcitation bien naturelle. Une sorte de délicatesse le portait à vouloir être seul. Il se fût senti gêné vis-à-vis des frères Melvill, comme si rien que sa présence eût paru exiger le prix de son dévouement.

Aussi, après avoir quitté la grotte de Clam-Shell, se promenait-il sur le plateau de Staffa.

En ce moment, toutes ses pensées allaient d'elles-mêmes à miss Campbell. Des périls qu'il avait courus, qu'il avait volontairement partagés, il ne se souvenait même pas. Ce qu'il se rappelait de cette nuit horrible, c'étaient les heures passées près d'Helena, dans cet obscur réduit, lorsqu'il l'entourait de ses bras pour la sauver de l'arrachement des lames. Il revoyait aux lueurs phosphorescentes la figure de cette belle jeune fille, plutôt pâlie par la fatigue que par la crainte, se dressant devant les fureurs de la mer comme le génie des tempêtes! Il l'entendai répondre d'une voie émue : « Quoi, vous le saviez? » lorsqu'il lui avait dit : « Je sais ce que vous avez fait, quand j'allais périr dans le gouffre de Corryvrekan! » Il se retrouvait au fond de cet étroit abri, cette niche plutôt faite pour loger quelque froide statue de

pierre, où deux êtres jeunes, aimants, avaient souffert, lutté l'un près de l'autre pendant de si longues
heures. Là, ce n'était même plus Sinclair et miss
Campbell. Ils s'étaient appelés Olivier, Helena,
comme si, au moment où la mort les menaçait, ils
avaient voulu se reprendre à une vie nouvelle!

· Ainsi s'associaient les idées les plus ardentes
dans le cerveau du jeune homme, alors qu'il errait
sur le plateau de Staffa. Quel que fût son désir de
retourner près de miss Campbell, une invincible
force le retenait malgré lui, parce qu'en sa présence il aurait parlé peut-être, et qu'il voulait se
taire.

Cependant, ainsi qu'il arrive quelquefois après un
trouble atmosphérique brutalement amené, brutalement disparu, le temps était devenu admirable, le
ciel d'une pureté parfaite. Le plus souvent, ces
grands coups de balai des vents de sud-ouest ne
laissent aucune trace après eux, et redonnent à
l'outremer de l'espace une incomparable transpa-
rence. Le soleil avait dépassé son point de culmi-
nation, sans que l'horizon se fût voilé de la plus
mince couche de brume.

Olivier Sinclair, la tête bouillonnante, allait ainsi
à travers cette intense irradiation, reflétée par le
plateau de l'île. Il se baignait au milieu de ces

chaudes effluves, il aspirait cette brise marine, il se retrempait dans cette vivifiante atmosphère.

Soudain, une pensée — pensée bien oubliée au milieu de celles qui hantaient maintenant son esprit — lui revint, lorsqu'il se vit en face de l'horizon du large.

« Le Rayon-Vert! s'écria-t-il. Mais si jamais ciel s'est prêté à notre observation, c'est bien celui-ci! Pas un nuage, pas une vapeur! Et il n'est guère probable qu'il en vienne, après l'effroyable bourrasque d'hier, qui a dû les rejeter au loin dans l'est. Et miss Campbell, qui ne se doute pas que le soir de ce jour lui ménage peut-être un splendide coucher de soleil!... Il faut... il faut la prévenir... sans retard!... »

Olivier Sinclair, heureux d'avoir ce motif si naturel pour retourner près d'Helena, revint vers la grotte de Clam-Shell.

Quelques instants après, il se retrouvait en présence de miss Campbell et des deux oncles, qui la regardaient affectueusement, tandis que dame Bess lui tenait la main.

« Miss Campbell, dit-il, vous allez mieux!... Je le vois... Les forces vous sont revenues?

— Oui, monsieur Olivier, répondit miss Campbell, qui tressaillit à la vue du jeune homme.

— Je pense que vous feriez bien, reprit Olivier Sinclair, de venir sur le plateau respirer un peu de cette légère brise, purifiée par la tempête. Le soleil est superbe, il vous réchauffera.

— Monsieur Sinclair a raison, dit le frère Sam.

— Tout à fait raison, ajouta le frère Sib.

— Et puis, s'il faut tout vous dire, si mes pressentiments ne me trompent pas, reprit Olivier Sinclair, je crois que, dans quelques heures, vous allez voir s'accomplir le plus cher de vos vœux.

— Le plus cher de mes vœux? murmura miss Campbell, comme si elle se fût répondu à elle-même.

— Oui... le ciel est d'une pureté remarquable, et il est probable que le soleil se couchera sur un horizon sans nuage !

— Serait-il possible? s'écria le frère Sam.

— Serait-il possible? répéta le frère Sib.

— Et j'ai lieu de croire, ajouta Olivier Sinclair, que vous pourrez, ce soir même, apercevoir le Rayon-Vert.

— Le Rayon-Vert !... » répondit miss Campbell.

Et il semblait qu'elle cherchât dans sa mémoire un peu confuse ce qu'était ce rayon.

« Ah !... c'est juste !... ajouta-t-elle. Nous sommes venus ici pour voir le Rayon-Vert !

« — Allons ! allons ! dit le frère Sam, enchanté de
l'occasion qui s'offrait d'arracher la jeune fille à
cette torpeur, dans laquelle elle tendait à s'engour-
dir, allons de l'autre côté de l'îlot.

— Et nous n'en dînerons que mieux au retour, »
ajouta gaiement le frère Sib.

Il était alors cinq heures du soir.

Sous la conduite d'Olivier Sinclair, toute la famille,
y compris dame Bess et Partridge, quittait aussitôt
la grotte de Clam-Shell, remontait l'escalier de bois,
et atteignait la lisière du plateau supérieur.

Il aurait fallu voir la joie que manifestèrent les
deux oncles, en regardant ce ciel magnifique, sur
lequel descendait lentement l'astre radieux. Peut-
être exagéraient-ils, mais jamais, non jamais ! ils ne
s'étaient montrés si enthousiastes à l'endroit du
phénomène. Il semblait que ce fût surtout pour eux,
non pour miss Campbell, qu'on eût opéré tant de
déplacements et subi tant d'épreuves, depuis le
cottage d'Helensburgh jusqu'à Staffa, en passant
par Iona et Oban !

En réalité, ce soir-là, le coucher du soleil promettait d'être si beau que le plus insensible, le plus
positif, le plus prosaïque des marchands de la Cité
ou des négociants de la Canongate eût admiré le
panorama de mer qui se développait sous ses yeux.

Miss Campbell s'était sentie renaître dans cette atmosphère imprégnée des émanations salines que distillait une légère brise, venue du large. Ses beaux yeux s'ouvraient tout grands sur les premiers plans de l'Atlantique. A ses joues pâlies par la fatigue revenaient les couleurs rosées de son teint d'Écossaise ! Qu'elle était belle ainsi ! Que de charme se dégageait de sa personne ! Olivier Sinclair marchait un peu en arrière, la contemplant en silence, et lui, qui jusqu'alors l'accompagnait sans embarras dans ses longues promenades, maintenant troublé, l'angoisse au cœur, c'est à peine s'il osait la regarder !

Quant aux frères Melvill, ils étaient positivement aussi radieux que le soleil. Ils lui parlaient avec enthousiasme. Ils l'invitaient à se coucher sur un horizon sans brumes. Ils le suppliaient de leur envoyer son dernier rayon à la fin de ce beau jour.

Et les souvenirs des poésies ossianesques de s'échanger entre eux versets par versets.

« O toi qui roules au-dessus de nos têtes, rond comme le bouclier de nos pères, dis-nous d'où partent tes rayons, ô divin soleil ! D'où vient ta lumière éternelle ?

« Tu t'avances dans ta beauté majestueuse ! Les étoiles disparaissent dans le firmament ! La lune pâle

15.

et froide se cache dans les ondes de l'occident! Tu
te meus seul, ô soleil!

« Qui pourrait être le compagnon de ta course?
La lune se perd dans les cieux : toi seul est toujours
le même! Tu te réjouis sans cesse dans ta carrière
éclatante!

« Lorsque le tonnerre roule et que l'éclair vole, tu
sors de la nue dans toute ta beauté, et tu ris de la
tempête! »

Tous, dans cette enthousiaste disposition d'esprit,
allèrent ainsi vers l'extrémité du plateau de Staffa
qui regarde la pleine mer. Là, ils s'assirent sur les
dernières roches, devant un horizon dont rien ne
semblait devoir altérer le trait finement tracé par
une ligne de ciel et d'eau.

Et cette fois, il n'y aurait pas d'Aristobulus Ursiclos
pour venir interposer la voile d'une embarcation ou
dresser une nuée d'oiseaux aquatiques entre le
couchant et l'îlot de Staffa!

Cependant, la brise tombait avec le soir, et les
dernières lames se mouraient, au pied des roches,
dans le balancement du ressac. Plus au large, la
mer, unie comme un miroir, avait cette apparence
huileuse que la moindre ride eût suffi à troubler.

Toutes les circonstances se prêtaient donc merveilleusement à l'apparition du phénomène.

Mais voici qu'une demi-heure plus tard Partridge étendant la main vers le sud, s'écria :

« Voile ! »

Une voile ! Viendrait-elle encore à passer devant le disque solaire, au moment où il disparaîtrait sous les flots? En vérité, c'eût été plus que de la mauvaise chance !

L'embarcation sortait de l'étroit conduit qui sépare l'île d'Iona de la pointe de Mull. Elle filait, vent arrière, plutôt sous l'action de la marée montante que sous la poussée d'une brise dont les derniers souffles pouvaient à peine gonfler sa voilure.

« C'est la *Clorinda*, dit Olivier Sinclair, et comme elle fait route pour atterrir dans l'est de Staffa, elle passera en dedans et ne pourra gêner notre observation. »

C'était la *Clorinda*, en effet, qui, après avoir contourné l'île de Mull par le sud, venait reprendre son mouillage à l'anse de Clam-Shell.

Tous les regards se reportèrent alors vers l'horizon de l'ouest.

Le soleil s'abaissait déjà avec la rapidité qui semble l'animer aux approches de la mer. A la surface des eaux tremblotait une large traînée d'argent, lancée par le disque, dont l'irradiation était encore insoutenable. Bientôt, de cette nuance de vieil or,

qu'il prenait en tombant, il passait à l'or cerise.
Devant les yeux, lorsqu'on les voilait de leurs paupières, miroitaient des losanges rouges, des cercles
jaunes, qui s'entre-croisaient comme les fugitives
couleurs du kaléidoscope. De légères stries ondu-
lées rayaient cette sorte de queue de comète que la
réverbération traçait à la surface des eaux. C'était
comme un floconnement de paillettes argentées,
dont l'éclat pâlissait en s'approchant du rivage.

De nuage, de brume, de vapeur, si ténue qu'elle
fût, il n'y avait pas apparence sur tout le périmètre
de l'horizon. Rien ne troublait la netteté de cette
ligne circulaire, qu'un compas n'eût pas tracée
plus finement sur la blancheur d'un vélin.

Tous, immobiles, plus émus qu'on ne le pourrait croire, regardaient le globe qui, se mouvant
obliquement à l'horizon, descendit encore, et resta
comme suspendu un instant sur l'abîme. Puis, la dé-
formation du disque, modifié par la réfraction, se fit
peu à peu sentir; il s'élargit au détriment de son diamètre vertical et rappela la forme d'un vase étrusque,
aux flancs rebondis, dont le pied plongeait dans l'eau.

Il n'y avait plus de doute sur l'apparition du phénomène. Rien ne troublerait cet admirable coucher
de l'astre radieux ! « Rien ne viendrait intercepter le
dernier de ses rayons! »

Bientôt, le soleil disparut à demi derrière la ligne horizontale. Quelques jets lumineux, lancés comme des flèches d'or, vinrent frapper les premières roches de Staffa.

En arrière, les falaises de Mull et la cime du Ben More s'empourprèrent d'une touche de feu.

Enfin, il n'y eut plus qu'un mince segment de l'arc supérieur à l'affleurement de la mer.

« Le Rayon-Vert! le Rayon-Vert! » s'écrièrent d'une commune voix les frères Melvill, Bess et Partridge, dont les regards, pendant un quart de seconde, s'étaient imprégnés de cette incomparable teinte de jade liquide.

Seuls, Olivier et Helena n'avaient rien vu du phénomène, qui venait enfin d'apparaître après tant d'infructueuses observations !

Au moment où le soleil dardait son dernier rayon à travers l'espace, leurs regards se croisaient, ils s'oubliaient tous deux dans la même contemplation !...

Mais Helena avait vu le rayon noir que lançaient les yeux du jeune homme ; Olivier, le rayon bleu échappé des yeux de la jeune fille!

Le soleil avait entièrement disparu : ni Olivier ni Helena n'avaient vu le Rayon-Vert.

XXIII

CONCLUSION.

Le lendemain, 12 septembre, la *Clorinda* appareillait avec jolie mer et brise favorable, et, tout dessus, courait dans le sud-ouest de l'archipel des Hébrides. Bientôt Staffa, Iona, la pointe de Mull, disparaissaient derrière les hautes falaises de la grande île.

Après une heureuse traversée, les passagers du yacht débarquèrent au petit port d'Oban ; puis, par le railway d'Oban à Dalmaly, et de Dalmaly à Glascow, à travers le pays le plus pittoresque des highlands, ils rentraient au cottage d'Helensburgh.

Dix-huit jours plus tard, un mariage était célébré en grande cérémonie à l'église Saint-George de Glasgow ; mais il faut bien avouer que ce n'était pas celui d'Aristobulus Ursiclos et de miss Campbell. Bien que le fiancé fût Olivier Sinclair, le frère Sam

et le frère Sib ne s'en montraient pas moins satisfaits que leur nièce.

Que cette union, contractée dans de telles circonstances, renfermât toutes les conditions du bonheur,
il est inutile d'y insister. Le cottage d'Helensburgh,
l'hôtel de West-George Street à Glasgow, le monde
entier, eussent été à peine suffisants pour contenir
tout ce bonheur, qui avait, cependant, tenu dans
la grotte de Fingal.

Mais, de cette dernière soirée passée sur le plateau
de Staffa, Olivier Sinclair, bien qu'il n'eût pas vu le
phénomène tant cherché, eut à cœur de fixer le souvenir d'une façon plus durable. Aussi, un jour,
exposa-t-il un « coucher du soleil », d'un effet tout
particulier, dans lequel on admira beaucoup une
sorte de rayon vert, d'une extrême intensité, comme
s'il eût été peint avec de l'émeraude en fusion.

Ce tableau souleva à la fois l'admiration et la discussion, les uns prétendant que c'était là un effet
naturel merveilleusement reproduit, les autres sou-
tenant que c'était purement fantastique, et que la
nature ne produisait jamais cet effet-là.

D'où grande colère des deux oncles, qui l'avaient
vu, ce rayon, et donnaient raison au jeune peintre.

« Et même, dit le frère Sam, mieux vaut regarder le
Rayon-Vert en peinture...

— Qu'en nature, répondit le frère Sib, car d'observer, l'un après l'autre, tant de soleils couchants, cela fait bien mal aux yeux ! »

Et ils avaient raison, les frères Melvill.

Deux mois après, les deux époux et leurs oncles se promenaient sur le bord de la Clyde, devant le parc du cottage, lorsqu'ils firent inopinément la rencontre d'Aristobulus Ursiclos.

Le jeune savant, qui suivait avec intérêt les travaux de dragage du fleuve, se dirigeait vers la gare d'Helensburgh, lorsqu'il aperçut ses anciens compagnons d'Oban.

Dire qu'Aristobulus Ursiclos avait souffert de l'abandon de miss Campbell, ce serait le méconnaître. Il n'éprouva donc aucun embarras à se trouver en présence de mistress Sinclair.

On se salua de part et d'autre. Aristobulus Ursiclos complimenta poliment les nouveaux époux.

Les frères Melvill, voyant ces bonnes dispositions, ne purent cacher combien cette union les rendait heureux.

« Si heureux, dit le frère Sam, que, parfois, quand je suis seul, je me surprends à sourire...

— Et moi à pleurer, dit le frère Sib.

— Eh bien, messieurs, fit observer Aristobulus

Ursiclos, il faut bien en convenir, voilà la première
fois que vous êtes en désaccord. L'un de vous
pleure, l'autre sourit...

— C'est exactement la même chose, monsieur
Ursiclos, fit observer Olivier Sinclair.

— Exactement, ajouta la jeune femme, en tendant
la main à ses deux oncles.

— Comment, la même chose? répondit Aristobulus
Ursiclos, avec ce ton de supériorité qui lui allait si
bien ; mais non !... pas du tout ! Qu'est-ce que le
sourire? une expression volontaire et particulière
des muscles du visage, à laquelle les phénomènes
de la respiration sont à peu près étrangers, tandis
que les pleurs...

— Les pleurs?... demanda mistress Sinclair.

— Ne sont tout simplement qu'une humeur, qui
lubrifie le globe de l'œil, un composé de chlorure de
sodium, de phosphate de chaux et de chlorate de
soude !

— En chimie vous avez raison, monsieur, dit Olivier
Sinclair, mais en chimie seulement.

— Je ne comprends pas cette distinction, » répondit aigrement Aristobulus Ursiclos.

Et, saluant avec une raideur de géomètre, il reprit
à pas comptés le chemin de la gare.

« Allons, voilà monsieur Ursiclos, dit mistress

Sinclair, qui prétend expliquer les choses du cœur comme il a expliqué le Rayon-Vert !

— Mais, au fait, ma chère Helena, répondit Olivier Sinclair, nous ne l'avons pas vu, ce rayon que nous avons tant voulu voir !

— Nous avons vu mieux ! dit tout bas la jeune femme. Nous avons vu le bonheur même, — celui que la légende attachait à l'observation de ce phénomène !... Puisque nous l'avons trouvé, mon cher Olivier, qu'il nous suffise, et abandonnons à ceux qui ne le connaissent pas et voudront le connaître, la recherche du Rayon-Vert ! »

FIN DU RAYON-VERT.

DIX HEURES

EN CHASSE

SIMPLE BOUTADE

Il y a des gens qui n'aiment point les chasseurs, et peut-être n'ont-ils pas tout à fait tort.

Est-ce parce qu'il ne répugne pas à ces gentlemen de tuer le gibier de leurs propres mains, avant de le manger?

Ne serait-ce pas plutôt parce que lesdits chasseurs racontent trop volontiers, à tout propos, et hors de propos, leurs prouesses?

J'incline vers cette dernière raison.

Or, il y a quelque vingt ans, je me suis rendu coupable du premier de ces méfaits. J'ai chassé! Oui, j'ai chassé!... Aussi, pour m'en punir, je vais me rendre coupable du second, en vous racontant par le menu mes aventures de chasse.

Puisse ce récit, sincère et véridique, dégoûter à
jamais mes semblables de s'en aller à travers champs,
à la suite d'un chien, le carnier sur le dos, la cartou-
chière à la ceinture, le fusil sous le bras ! Mais j'y
compte peu, je le confesse. Enfin, à tout risque, je
commence.

II

Un philosophe fantaisiste a dit quelque part :
« N'ayez jamais ni maison de campagne, ni voiture,
ni chevaux... ni chasses ! Il y a toujours des amis
qui se chargent d'en avoir pour vous ! »

C'est par application de cet axiome que je fus
invité à faire mes premières armes sur des terrains
réservés du département de la Somme, sans en être
propriétaire.

On était à la fin du mois d'août, en 1859, si je
ne me trompe. Un arrêté préfectoral venait de fixer
au lendemain l'ouverture de la chasse.

Dans notre ville d'Amiens, où il n'est si mince
boutiquier, ni petit artisan, qui ne possède un fusil
quelconque, avec lequel il va écumer la grande route
des faubourgs, — depuis six semaines, à tout le

moins, cette date solennelle était impatiemment attendue.

Les sportsmen du métier, ceux qui « croient que c'est arrivé », tout comme les tireurs de troisième et de quatrième ordre, les adroits qui tuent aussi bien sans viser que les maladroits qui visent sans jamais tuer, enfin les mazettes non moins « diligents » que les chasseurs *di primo cartello*, se préparaient en vue de cette ouverture, s'équipaient, s'approvisionnaient, s'entraînaient, ne pensant que pour penser caille, ne parlant que pour parler lièvre, ne rêvant que pour rêver perdreaux! Femme, enfants, famille, amis, tout était oublié! Politique, art, littérature, agriculture, commerce, tout s'effaçait devant les préoccupations de ce grand jour, dans lequel allaient s'illustrer les fanatiques de ce que l'immortel Joseph Prudhomme a cru pouvoir appeler un « divertissement barbare! » Or, il se trouva que, parmi les quelques amis que je comptais à Amiens, il y en avait un, chasseur déterminé, mais charmant garçon, quoique fonctionnaire. Seulement, s'il se disait quelque peu rhumatisant, lorsqu'il s'agissait d'aller à son bureau, il se retrouvait singulièrement ingambe, quand un congé de huit jours lui permettait de faire l'ouverture.

Cet ami se nommait Brétignot.

Quelques jours avant la grande date, Brétignot vint me trouver, moi qui ne pensais à mal.

« Vous n'avez jamais chassé? me dit-il avec ce ton de supériorité qui comprend deux parties de bienveillance contre huit de dédain.

— Jamais, Brétignot, répondis-je, et je n'ai point la pensée de...

— Eh bien, venez donc faire l'ouverture avec moi, répondit Brétignot. Nous avons sur la commune d'Hérissart deux cents hectares réservés, où le gibier pullule! J'ai le droit d'amener un invité. Donc, je vous invite et je vous emmène!

— C'est que... fis-je en hésitant.

— Vous n'avez pas de fusil?

— Non, Brétignot, et n'en ai jamais eu.

— Qu'à cela ne tienne! Je vous en prêterai un, — un fusil à baguette, il est vrai, mais qui vous boule tout de même un lièvre à quatre-vingts pas!

— A la condition de l'atteindre! répliquai-je.

— Naturellement! — Ce sera assez bon pour vous.

— Trop bon, Brétignot!

— Par exemple, vous n'aurez pas de chien!

— Oh! inutile, du moment qu'il y en a un à mon fusil!... Cela ferait double emploi! »

L'ami Brétignot me regarda d'un air moitié raisin, moitié figue. Il n'aime pas, cet homme, que l'on plaisante ainsi des choses de chasse. C'est sacré, cela!

Cependant, son sourcil se défronça.

« Eh bien, viendrez-vous? demanda-t-il.

— Si vous y tenez!... répondis-je sans enthousiasme.

— Mais oui... mais oui!... Il faut avoir vu cela, au moins une fois dans sa vie. Nous partirons samedi soir. Je compte sur vous. »

Et voilà comment je fus engagé dans cette aventure, dont le funeste souvenir me poursuit encore.

J'avoue, cependant, que les préparatifs ne furent point pour m'inquiéter. Je n'en perdis pas une heure de sommeil. Et pourtant, s'il faut tout dire, le démon de la curiosité me piquait un peu. Était-ce donc si intéressant, une ouverture? En tout cas, je me promettais, sinon d'agir, du moins d'observer en curieux les chasseurs autant que la chasse. Si je consentais à m'embarrasser d'une arme, c'était pour ne pas faire trop triste figure au milieu de ces Nemrods, dont l'ami Brétignot m'invitait à admirer les hauts faits.

Je dois dire, toutefois, que si Brétignot me prêtait un fusil, une poire à poudre, un sac à plomb, il n'avait pas été question du carnier. Je dus donc faire emplette de cet ustensile, dont la plupart des chasseurs pourraient si bien si passer. J'en cherchai un

d'occasion. Inutile. Il y avait hausse sur les carniers.
Tout était enlevé. Il me fallut en acheter un neuf,
mais sous la condition expresse qu'on me le re-
prendrait, — à cinquante pour cent de perte, — s'il
n'étrennait pas.

Le marchand me regarda, sourit, accepta.

Ce sourire ne me parut pas être de bon augure.

« Après tout, pensai-je, qui sait ? »

Oh ! vanité !

III

Au jour dit, la veille de l'ouverture, à six heures
du soir, j'étais au rendez-vous que m'avait donné
Brétignot sur la place Périgord. Là, je montais, moi
huitième, sans compter les chiens, dans la rotonde
de la diligence.

Brétignot et ses compagnons de chasse, — je
n'osais encore me compter parmi eux, — étaient
superbes sous le harnais traditionnel. Excellents
types, curieux à observer : les uns sérieux dans l'attente du lendemain, les autres gais, loquaces, rava-
geant déjà en paroles toutes les réserves de la commune d'Hérissart.

Il y avait là une demi-douzaine des plus distin-
gués fusils de la capitale picarde. Je les connais-
sais à peine. Aussi l'ami Brétignot dut-il me présenter dans les formes.

Ce fut d'abord à Maximon, un grand sec, le plus
doux des hommes dans les conditions ordinaires de
la vie, mais féroce dès qu'il avait un fusil sous le
bras, — un de ces chasseurs dont on dit qu'ils tue-
raient un de leurs compagnons plutôt que de revenir
bredouilles. Lui, Maximon, ne parlait pas : il s'absorbait dans ses hautes pensées.

Près de cet important personnage, se trouvait
Duvauchelle. Quel contraste! Duvauchelle, gros,
court, entre cinquante-cinq et soixante ans, sourd
à ne pas entendre la détonation de son arme, mais
qui n'en réclamait que plus rageusement tous les
coups douteux. Aussi lui avait-on fait tirer, plus
d'une fois, un lièvre déjà mort avec un fusil non
chargé, — une de ces mystifications de chasseurs,
qui égayent pendant six mois la conversation des
cercles ou des tables d'hôte.

Je dus subir aussi la vigoureuse poignée de main
de Matifat, grand conteur d'exploits cynégétiques. Il
ne parlait jamais d'autre chose. Et quelles interjections! quelles onomatopées! Le cri du perdreau,
l'aboiement du chien, la détonation du fusil! Pan!

16

pan! pan! — Trois « pan » pour un fusil à deux
coups! — Puis, quels gestes! La main qui prend un
mouvement de godille pour imiter les zigzags du
gibier, les jambes qui se replient, le dos qui s'ar-
rondit pour mieux assurer le coup, le bras gauche
qui se tend pendant que le bras droit revient à la
poitrine pour indiquer l'épaulement de l'arme! En
tombait-il de ces bêtes de poil et de plume! Que de
lièvres tirés au déboulé! Il n'en manquait pas un!
— Je faillis même être tué dans mon coin par un
de ces gestes.

Mais ce qu'il fallait entendre, c'était Matifat causant avec son ami Pontcloué, — les deux doigts de la
main, — ce qui ne les empêchait pas de s'accabler
de procès, pour peu que l'un mît le pied sur les
réserves de l'autre.

« Ce que j'ai tué de lièvres l'an passé, disait
Matifat, pendant que la cahoteuse voiture roulait
vers Hérissart, oui, ce que j'ai tué ne saurait se
chiffrer !

— Tiens ! c'est comme moi! pensais-je.

— Et moi, Matifat! répondait Pontcloué. Te rap-
pelles-tu, la dernière fois que nous sommes allés
chasser sur Argœuves? Hein ! ces perdreaux !

— Je vois encore le premier qui a eu la chance de
passer à travers ma charge de plomb!

— Et moi le second, dont les plumes ont si bien volé, qu'il ne devait plus lui rester que la peau sur les os !

— Et celui que mon chien n'a jamais pu retrouver dans le sillon où il était tombé, pour sûr !

— Et celui que j'ai eu l'aplomb de tirer à plus de cent pas, bien certain de l'avoir touché, pourtant !

— Et cet autre que de mes deux coups...pan ! pan ! pan ! j'ai roulé dans la luzerne, mais dont mon chien n'a malheureusement fait qu'une bouchée !

— Et cette compagnie qui s'est levée juste au moment où je rechargeais mon fusil ! brrr ! brrr ! Ah ! quelle chasse, mes amis, quelle chasse ! »

En comptant, à part moi, je m'étais bien aperçu que de tous les perdreaux de Pontcloué et de Matifat il n'en était pas entré un seul dans leur carnier. Mais je n'osai rien dire, parce que je suis naturellement timide avec les gens qui en savent plus que moi. Et cependant, puisqu'il ne s'agissait que de manquer le gibier, j'en aurais, pardieu ! bien fait autant.

Quant aux autres chasseurs, j'ai oublié leurs noms ; mais, si je ne me trompe, l'un d'eux était connu sous le sobriquet de Baccara, parce qu'en chasse il « tirait toujours et n'abattait jamais ».

En vérité, qui sait si je n'allais pas mériter ce surnom ? Allons donc ! L'ambition me gagnait. J'avais hâte d'être au lendemain.

IV

Il arriva, ce lendemain. Mais quelle nuit dans cette auberge d'Hérissart ! Une seule chambre pour huit ! Des grabats, où l'on aurait pu se livrer à une chasse plus fructueuse que sur les terrains réservés de la commune ! D'odieux parasites, fraternellement partagés avec les chiens, couchés près des lits, et qui se grattaient à faire trembler le plancher !

Et moi, qui avais naïvement demandé à notre hôtesse, vieille Picarde à tignasse rebelle, s'il n'y avait pas de puces dans son dortoir !

« Oh non ! m'avait-elle répondu... Les punaises les mangeraient ! »

Là-dessus, je m'étais décidé à dormir, tout habillé, sur une chaise bancale, qui geignait à chaque mouvement. Aussi me sentais-je moulu, quand se fit le jour.

Naturellement, je fus le premier levé. Brétignot, Matifat, Pontcloué, Duvauchelle et leurs compagnons ronflaient encore. J'avais hâte d'être en plaine, comme ces chasseurs inexpérimentés, qui veulent partir dès l'aube, même avant d'avoir mangé. Mais les maîtres de l'art, — que je réveillai respectueusement l'un après l'autre, — calmèrent en bougonnant mes impatiences de néophyte. Ils savaient, les malins, qu'au jour naissant le perdreau, dont les ailes sont encore humides de rosée, est très difficile à approcher, et que, s'il s'envole, il ne se décide pas volontiers à se remettre dans les couverts.

Il fallut donc attendre que toutes les larmes de l'aurore eussent été bues par le soleil.

Enfin, après un déjeuner sommaire, suivi de l'inévitable coup du matin, on quitta l'auberge, en se grattant aux jointures; puis, on se dirigea vers la plaine, où commençaient les terrains réservés.

Au moment où nous atteignions cette lisière, Brétignot, me tirant à part, me dit :

« Tenez bien votre fusil, obliquement, le canon dirigé vers la terre, et tâchez de ne tuer personne!

— Je ferai de mon mieux, répondis-je sans vouloir m'engager, mais à charge de revanche, n'est-ce pas? »

Brétignot haussa dédaigneusement les épaules, et nous voilà en chasse, — chasse libre, — chacun à sa fantaisie.

C'est un assez vilain pays, cet Hérissart, dont la

16

parfaite nudité ne justifie pas le nom. Mais il paraît
que s'il n'est pas aussi giboyeux que Mont-sous-
Vaudrey, les « forts » étaient bien fournis, qu'il
« y avait du lièvre, » disait Matifat, et qu'on en avait
vu s'y flâtrer « plus de douze à la douzaine ! » ajou-
tait Pontcloué.

Avec la perspective de si beaux coups à faire, tous
ces braves gens étaient de bonne humeur.

On allait donc. Un temps superbe. Quelques flèches de soleil perçaient les brumes matinales, dont
les volutes se massaient à l'horizon. Des cris, des
pépiements, des gloussements partout. Il y avait de
ces oiseaux qui, s'élevant du sillon, montaient droit
dans le ciel, comme des hélicoptères dont le ressort
est lâché subitement.

Plus d'une fois, incapable de me maîtriser, j'avais
vivement épaulé mon fusil.

« Ne tirez pas ! ne tirez pas ! me criait l'ami Brétignot, qui m'observait, sans en avoir l'air.

— Pourquoi ? Ne sont-ce point des cailles ?

— Non ! des alouettes ! Ne tirez pas ! »

Il va sans dire que Maximon, Duvauchelle, Pontcloué, Matifat et les deux autres m'avaient jeté plus
d'un regard de travers. Puis, ils s'étaient prudemment écartés avec leurs chiens, qui, le nez bas,
quêtaient au petit trot dans les luzernes, les sa in

foins, les trèfles, et dont les queues retroussées
frétillaient comme autant de points d'interrogation,
auxquels je n'aurais su que répondre.

J'eus la pensée que ces messieurs ne se souciaient
pas de rester dans la zone dangereuse d'un novice,
dont le fusil les inquiétait quelque peu pour leurs
tibias.

« Sacrebleu ! Tenez donc bien votre fusil ! me
répéta Brétignot, au moment où il s'éloignait.

— Eh ! je ne le tiens pas plus mal qu'un autre ! »
répondis-je, un peu agacé par ce luxe de recommandations.

Une seconde fois, Brétignot haussa les épaules et
obliqua à gauche. Comme il ne me convenait point
de rester en arrière, je pressai le pas.

V

J'avais rejoint mes compagnons, mais, afin de ne
plus les alarmer, je portais mon fusil sur l'épaule, la
crosse en l'air.

Qu'ils étaient superbes à voir, ces chasseurs de
profession, dans leur tenue de chasse, veste blanche,
ample pantalon de velours à côtes, larges souliers à

clous dont la semelle débordait l'empeigne, jambières de toile recouvrant le bas de laine, préférable
au bas de fil ou de coton, qui ne tarde pas à produire des écorchures, — ainsi que je m'en aperçus
bientôt. J'étais loin d'être aussi beau sous mon harnais d'occasion; mais on ne peut exiger d'un débutant qu'il possède la garde-robe d'un vieux comédien.

Par exemple, en fait de gibier, je ne voyais rien.
Cependant, que sur cette réserve il y eût en quantité
des cailles, des perdreaux, des râles de genêt, puis
de ces lièvres de janvier que mes compagnons
appelaient des « trois-quarts » et dont ils avaient la
bouche pleine, puis des levreaux, puis des hases, il
fallait le croire, puisqu'ils l'affirmaient.

« Et même, m'avait dit l'ami Brétignot, évitez de
tirer les hases pleines! C'est indigne d'un chasseur ! »

Pleines ou vides, du diable si je m'en serais
aperçu, moi qui en suis encore à distinguer un lapin
d'un chat de gouttière, — même en gibelotte !

Enfin, Brétignot, qui tenait particulièrement à ce
que je lui fisse honneur, avait ajouté :

« Une dernière recommandation, qui peut avoir
son importance, au cas où vous tireriez un lièvre.

— S'il en passe !... fis-je observer d'un ton nar-
quois.

— Il en passera, répondit froidement Brétignot.
Eh bien, rappelez-vous que, grâce à sa conforma-
tion, un lièvre court plus vite en montant qu'en descendant. Il faut tenir compte de cela dans la direction du coup.

— Comme vous avez bien fait de m'avertir, ami
Brétignot! répondis-je. Cette observation ne sera
pas perdue, et je vous promets que j'en ferai mon
profit! »

Et, dans le fond, je pensais que, même en descendant, il était probable que le lièvre courrait
encore trop vite pour que mon plomb meurtrier pût
l'arrêter en route !

« En chasse, en chasse! cria alors Maximon.
Nous ne sommes pas ici pour élever des débutants
au petit pot ! »

Terrible homme! Mais je n'osai rien répondre.

Devant nos pas, à perte de vue, sur la droite et
sur la gauche, s'étendait une large plaine. Les chiens
avaient pris de l'avance. Leurs maîtres s'étaient dis-
persés. Je faisais tout l'effort possible pour ne point
les perdre de vue. En effet, une idée me tracassait :
c'était que mes compagnons, naturellement farceurs,
n'eussent l'envie de me jouer quelque tour qu'au-
torisait mon inexpérience. Je me souvenais involontairement de cette plaisante histoire d'un novice,

auquel ses amis firent tirer un lapin de carton, qui,
assis sur son derrière dans un fourré, battait ironiquement du tambour! Moi, je serais mort de honte,
après une telle mystification !

Cependant, on errait un peu à l'aventure, au travers des éteules, en suivant les chiens, de manière
à atteindre un rideau qui se profilait à trois ou
quatre kilomètres, et dont la crête était bordée de
petits arbres.

Quoi que je fisse, tous ces marcheurs, habitués
au sol difficile des marécages et des terres labourées, allaient encore plus vite que moi, si bien que je
ne tardai pas à être distancé. Brétignot lui-même,
qui avait d'abord ralenti son pas pour ne point
m'abandonner à mon triste sort, s'était remis en
vitesse, voulant avoir sa part des premiers coups de
fusil. Je ne t'en veux pas, ami Brétignot! Ton instinct, plus fort que ton amitié, t'entraînait irrésistiblement !... Et bientôt, de mes compagnons, je
ne vis plus que les têtes, comme autant d'as de
pique, qui se détachaient au-dessus des buis-
sons.

Quoi qu'il en soit, deux heures après avoir quitté
l'auberge d'Hérissart, je n'avais pas encore entendu
une seule détonation, — non, pas une seule! Que de
mauvaise humeur, que de récriminations, que de

maugréements, cela promettait, si, au retour, les carniers étaient aussi plats qu'au départ!

Eh bien, le croira-t-on? c'est à moi qu'échut la chance de tirer le premier coup. Dans quelles circonstances, j'aurai la honte de le dire.

L'avouerai-je? Mon fusil n'était pas encore chargé. Imprévoyance de novice? Non! question d'amour-propre. Comme je craignais de me montrer très maladroit dans cette opération, j'avais voulu attendre d'être seul pour opérer.

Donc, en l'absence de témoins, j'ouvris ma poire à poudre, je versai dans le canon de gauche une charge qui fut maintenue par une simple bourre de papier; puis, par-dessus, j'introduisis une bonne mesure de plomb, — plus que moins. Qui sait! un plomb de plus, peut-être ne revient-on pas bredouille! Ensuite, je bourrai, je bourrai à crever ma culasse, et enfin, ô imprudence! je coiffai de sa capsule la cheminée du canon que je venais de charger.

Cela fait, même opération pour le canon de droite. Mais, pendant que je bourrais, quelle détonation! Le coup part!... Toute la première charge me rase la figure!... J'avais oublié de rabattre sur la capsule le chien du canon de gauche, et une secousse avait suffi à le faire retomber!

Avis aux novices! J'aurais pu signaler l'ouverture de la chasse dans le département de la Somme par un accident déplorable. Quel fait divers pour les journaux de la localité!

Et pourtant, si, au moment où ce coup partait par inadvertance, si, — oui! l'idée m'en vint!. — si, dans la direction de la charge, il était passé un gibier quelconque, je l'aurais sans doute abattu!... C'était peut-être une chance que je ne retrouverais pas!

VI

Cependant, Brétignot et ses compagnons avaient atteint le rideau. Là, arrêtés, ils discutaient sur ce qu'il convenait de faire pour conjurer la mauvaise fortune. J'arrivai près d'eux, après avoir rechargé mon fusil, avec grande précaution cette fois.

Ce fut Maximon qui m'adressa la parole, mais d'un ton hautain, comme il convenait à un maître.

« Vous avez tiré? me dit-il.

— Oui!... c'est-à-dire... oui!... j'ai tiré...

— Un perdreau?

— Un perdreau! »

Pour rien au monde je n'aurais avoué ma maladresse devant cet aréopage.

« Et où est-il, ce perdreau? demanda Maximon, en touchant mon carnier vide du bout de son fusil.

— Perdu! répondis-je effrontément. Que voulez-vous? Je n'avais pas de chien! Ah! si j'avais eu un chien! »

Allons, allons! avec un tel aplomb, on ne peut manquer de devenir un vrai chasseur!

Soudain, l'interrogatoire que je subissais fut brusquement interrompu. Le chien de Pontcloué venait de faire partir une caille, à moins de dix pas. Involontairement, par instinct, si l'on veut, je mis en joue... et pan! comme disait Matifat.

Quelle gifle je reçus, pour avoir mal épaulé, — une de ces gifles, il est vrai, dont on ne peut demander raison à personne! Mais mon coup de fusil avait été instantanément suivi d'un autre, celui de Pontcloué.

La caille tomba, criblée, et le chien la rapporta à son maître, qui la mit dans son carnier.

On ne me fit même pas l'honnêteté de penser que j'avais pu être pour quelque chose dans ce massacre. Mais je ne dis rien, je n'osai rien dire. On sait que je suis naturellement timide avec les gens qui en savent plus que moi!

17

Ma foi, ce premier succès avait mis en appétit tous ces enragés destructeurs de gibier. Pensez donc! Après trois heures de chasse, une caille pour sept chasseurs! Non! il n'était pas possible que, sur ce riche terrain d'Hérissart, il n'y en eût pas au moins une autre, et, s'ils parvenaient à la tuer, cela ferait presque un tiers de caille par combattant.

Le rideau franchi, on se retrouva sur le déplorable sol des terres labourées. Pour ma part, ces sillons qui obligent à faire des enjambées fatigantes, ces morceaux de glèbe entre lesquels le pied tourne, ne me vont guère, et je préfère de beaucoup l'asphalte des boulevards.

Notre bande, avec sa meute, alla deux heures ainsi, sans rien voir. Les sourcils se fronçaient déjà. Une sorte d'irascibilité farouche se manifestait à propos de tout et de rien, d'une souche contre laquelle on butait, d'un chien qui en coupait un autre. Bref, des indices non équivoques d'une mauvaise humeur générale.

Enfin, un vol de perdreaux se dessine à quarante pas, au-dessus d'un champ de betteraves. Je n'oserais affirmer que cela pût s'appeler une compagnie, ou c'était une compagnie réduite au minimum de l'effectif.

En effet, elle ne se composait que de deux perdreaux.

Peu importait. Je tirai dans le tas, et, cette fois encore, mon coup de fusil fut immédiatement suivi de deux autres. Pontcloué et Matifat avaient enfin fait simultanément parler la poudre.

Un de ces pauvres volatiles tomba. L'autre s'envola de plus belle, et alla se remettre à un kilomètre de là, derrière une forte ondulation du terrain.

Ah! déplorable perdreau, de quelle dispute tu as été la cause! Quelle discussion entre Matifat et Pontcloué! Chacun se prétendait l'auteur du meurtre. Aussi, quelles aigres réparties! Quels sous-entendus blessants! Quelles allusions regrettables! Et les qualificatifs! Accapareur!... Il n'y en a que pour lui!... Au diable les gens qui ne sont pas honteux!... C'était la dernière fois que l'on chasserait ensemble!... Et autres aménités d'un genre plus picard, que ma plume se refuse à écrire.

La vérité est que les deux coups de ces messieurs étaient partis en même temps.

Il y en avait bien eu un troisième, qui avait précédé les deux autres. Mais — cela n'était pas même discutable! — est-ce qu'il était admissible que ce perdreau eût été démonté par moi? Jugez donc, un écolier!

Aussi, dans la querelle de Pontcloué et de Matifat, je ne crus pas devoir intervenir, même avec la

généreuse pensée de les mettre d'accord. Et, si je ne
réclamai pas, c'est que je suis naturellement timide...
Vous connaissez le reste de la phrase.

V I

Enfin, pour la plus grande satisfaction de nos esto-
macs, midi était arrivé. On s'arrêta au pied d'un talus,
à l'ombre d'un vieil orme. Les fusils, les carniers,
bien vides, hélas! furent mis de côté. Puis, l'on
déjeuna pour reprendre quelque peu de ces forces
si inutilement dépensées depuis le départ.

Triste repas, en somme! Autant de récriminations
que de bouchées! Horrible pays!... Une chasse bien
gardée! Les braconniers la dévastaient!... On devrait
en pendre un à chaque arbre, avec un écriteau sur
la poitrine!... La chasse devenait impossible!...
Dans deux ans, il n'y aurait plus de gibier!... Pourquoi ne pas l'interdire pendant un certain temps?...
Oui!... Non!... Enfin, toute la litanie des chasseurs
qui n'ont rien tué depuis l'aube!

Puis la dispute recommença entre Pontcloué et
Matifat, à propos du perdreau « mitoyen » en con-

testation. Les autres s'en mêlèrent... Je crus qu'on allait en venir aux mains.

Enfin, une heure après, tous se remirent en marche, — bien lestés et bien « humectés », comme l'on dit ici. Peut-être, avant dîner, serait-on plus heureux! Quel est le véritable chasseur qui ne conserve pas un peu d'espoir jusqu'à l'heure où il entend « rappeler » les perdreaux, cherchant à se réunir pour passer la nuit en famille.

Nous voilà repartis. Les chiens, presque aussi grognons que nous, avaient pris les devants. Leurs maîtres hurlaient après eux, avec ces intonations terribles, qui ressemblent aux commandements de la marine anglaise.

Je suivais d'un pas indécis. Je commençais à être éreinté. Mon carnier, si vide qu'il fût, me pesait sur les reins. Mon fusil, d'un poids invraisemblable, me faisait regretter ma canne. La poire à poudre, le sac à plomb, j'eusse volontiers confié tous ces objets embarrassants à l'un des petits paysans qui me suivaient d'un air moqueur, en me demandant combien j'en avais tué de « ché quat' patt's! » Mais je n'osai pas, par amour-propre.

Deux heures, deux mortelles heures s'écoulèrent encore. Nous avions bien quinze kilomètres dans les jambes. Ce qui me paraissait évident, c'est que, de toute cette excursion, je rapporterais plutôt une courbature qu'une demi-douzaine de cailles.

Tout à coup, quel frou-frou se fait entendre et me déconcerte ! Cette fois, c'est bien une compagnie de perdreaux, qui s'élève au-dessus d'un buisson. Fusillade générale ! Feu à volonté ! Quinze coups de fusil partent, pour le moins, le mien compris.

Un cri se fait entendre à travers la fumée ! Je regarde...

A ce moment, une figure apparaît au-dessus du buisson.

C'était un paysan, la joue droite grosse comme s'il avait eu une noix dans la bouche !

« Bon ! un accident ! s'écria Brétignot.

— Il ne manquait plus que cela ! » riposta Duvauchelle.

Ce fut tout ce que leur inspira ce « délit de coups et blessures, sans intention de donner la mort », comme dit le Code. Et ces gens, dépourvus d'entrailles, courant vers leurs chiens qui rapportaient deux perdreaux, blessés seulement, achevèrent à coups de talon de botte ces infortunés volatiles ! Je leur en souhaite autant, — s'ils ont jamais besoin d'être achevés !

Et, pendant ce temps, l'indigène était toujours là, avec sa grosse joue, ne pouvant parler.

Mais voici que Brétignot et ses compagnons reviennent sur leurs pas.

« Eh bien, ce brave homme, qu'a-t-il donc? demanda Maximon d'un ton protecteur.

— Parbleu! Il a un grain de plomb dans la joue! répondis-je.

— Bah! ce n'est rien! repartit Duvauchelle, ce n'est rien!

— Si!... si!... fit le paysan, qui crut devoir souligner l'importance de sa blessure par une grimace horrible.

— Mais qui donc a été assez maladroit pour endommager ce pauvre diable? demanda Brétignot, dont le regard interrogateur finit par s'arrêter sur moi.

— Est-ce que vous n'avez pas tiré? me dit Maximon.

— Oui! j'ai tiré... comme tout le monde!

— Eh bien, la question est jugée! s'écria Duvauchelle.

— Vous êtes aussi maladroit chasseur que Napoléon Ier, reprit Pontcloué, qui détestait l'empire.

— Moi! moi!... m'écriai-je.

— Ce ne peut être que vous! me dit sévèrement Brétignot.

— Décidément, ce monsieur est un homme dangereux! reprit Matifat.

— Et quand on est aussi novice, ajouta Pontcloué, on refuse les invitations, d'où qu'elles viennent! »

Et là-dessus, tous trois s'en allèrent.

Je compris. On me laissait le blessé pour compte.

Je m'exécutai. Je tirai ma bourse, et j'offris dix francs à ce brave paysan, dont la joue droite se dégonfla instantanément. Sans doute, il avait avalé sa noix.

« Ça va mieux? lui dis-je.

— Oh là!... là!... Cho m' r'prind!... répondit-il en regonflant sa joue gauche.

— Ah! non! dis-je, non! Assez d'une joue pour cette fois! »

Et je m'en allai.

VIII

Pendant que je me débrouillais ainsi avec ce malin Picard, les autres prenaient les devants. D'ailleurs, ils m'avaient très bien fait entendre qu'on n'était pas en sûreté dans le voisinage d'un maladroit tel que moi, dont la plus vulgaire prudence commandait de s'écarter.

Brétignot lui-même, sévère mais injuste, m'aban-

donnait, comme si j'eusse été un jettatore, doué du
mauvais œil. Tous disparurent bientôt derrière un
petit bois, sur la gauche. S'il faut le dire, je n'en fus
pas autrement fâché. Au moins je ne serais respon-
sable que de mes actes!

J'étais donc seul, seul au milieu de cette plaine
qui n'en finissait pas. Qu'étais-je venu faire là, grand
Dieu! avec tout ce harnachement sur les épaules!
Pas un perdreau qui sollicitât mon coup de fusil!
Pas un « ieuvre », comme disent les paysans picards,
dont j'aurais pu suivre les « randonnées », un mot
de l'argot des chasseurs! Au lieu d'être tranquillement dans mon cabinet, à lire, à écrire, ou même
à ne rien faire!

J'allais sans but. Je prenais les sentiers battus,
de préférence aux terres labourées. Je m'asseyais
pendant dix minutes. Je marchais pendant vingt. Pas
de maison dans un rayon de cinq kilomètres. Pas un
clocher pointant au-dessus de l'horizon. C'était le
désert. De temps en temps, un poteau menaçant les
intrus de cette mystifiante inscription : *Chasse réservée.*

Réservée? Pas au gibier, à coup sûr, puisqu'il n'y
en avait point trace!

Enfin, j'allais toujours, rêvant, philosophant, le
fusil en bandoulière, traînant la patte. A mon gré, le

17.

soleil ne s'abaissait pas assez vite sur l'horizon. Est-ce qu'un nouveau Josué, suspendant les lois de la cosmographie, l'avait arrêté dans sa course diurne pour le plus grand plaisir de mes enragés compagnons? La nuit ne se ferait donc pas sur cette lamentable journée d'ouverture?

IX

Mais il y a une limite à tout, — même aux terrains des chasses réservées. Un bois m'apparut, qui barrait la plaine. Encore un kilomètre, et je l'aurai atteint.

Je continuai donc à marcher, sans presser le pas. Le kilomètre fut franchi. J'arrivai à la lisière du bois.

Au loin, bien au loin, des détonations éclataient, comme le bouquet d'un feu d'artifice au 14 juillet.

« En massacrent-ils! pensai-je. Bien certainement, ils n'en laisseront pas pour l'année prochaine! »

Et alors, — ce que c'est que de nous! — l'idée me vint que je serais peut-être plus heureux sous bois qu'en plaine. A la cime des arbres, il y aurait toujours de ces innocents moineaux que les meilleurs restaurants vous servent, coquettement embrochés, sous le nom de mauviettes.

Me voilà donc suivant les percées qui aboutissent à la grande route.

En vérité, le démon de la chasse avait repris possession de votre serviteur ! Oui ! Je ne tenais plus mon fusil sur l'épaule, je l'avais chargé avec soin, je l'avais armé... Mes regards se portaient anxieusement à droite et à gauche.

Rien ! Les moineaux se défiaient sans doute des restaurants parisiens, et se tenaient cois. Une ou deux fois, je mis en joue... Ce n'étaient que des feuilles qui remuaient aux arbres, et, décidément, je ne pouvais pas me permettre de tirer des feuilles !

Il était cinq heures alors. Je savais que dans quarante minutes je serais de retour à l'auberge, où nous devions dîner, avant de reprendre la voiture qui, bêtes et gens, vivants et morts, devait tous nous ramener à Amiens.

Je continuai donc à suivre la principale percée, dont la ligne oblique inclinait vers Hérissart, l'œil toujours en éveil.

Soudain, je m'arrêtai... Le cœur me battit un peu plus vite ! Sous un buisson, à cinquante pas, entre les ronces et les broussailles, il y avait certainement quelque chose.

C'était noirâtre, avec une bordure argentée, et une pointe d'un rouge vif, comme une prunelle ardente, qui me regardait !

A coup sûr, un gibier de poil ou de plume, — je n'aurais pu dire lequel, — s'était remisé en cet endroit. J'hésitais entre un lièvre, un trois-quarts à tout le moins, et une poule faisane. Eh ! pourquoi pas ? Voilà qui me rehausserait singulièrement dans l'esprit de mes compagnons, si je revenais le carnier gonflé d'un faisan !

Je m'approchai donc prudemment, le fusil prêt à être épaulé. Je retenais mon souffle. J'étais ému, oui ! ému comme Duvauchelle, Maximon et Brétignot, réunis !

Enfin, lorsque je fus à bonne portée, — vingt pas environ, — genou à terre afin de mieux assurer le coup, l'œil droit bien ouvert, l'œil gauche bien fermé, le point de mire bien placé sur l'encoche, j'ajustai et fis feu.

« Touché ! m'écriai-je, hors de moi. Et cette fois, on ne me contestera pas mon coup ! »

En effet, de mes yeux, oui ! j'avais vu voler des plumes... ou plutôt des poils.

Faute de chien, je courus vers le buisson, je me précipitai sur le gibier immobile, qui ne donnait plus signe de vie ! Je le ramassai..

C'était un chapeau de gendarme, tout bordé d'argent, avec une cocarde, dont le rouge semblait me regarder comme un œil!

Heureusement, il n'était pas sur la tête de son propriétaire, à l'instant où je l'avais tiré!

X

A ce moment, un long corps, couché sur l'herbe, se releva.

Je reconnus avec terreur le pantalon bleu à bande noire, la tunique foncée à boutons d'argent, le ceinturon et le baudrier jaunes de Pandore, que mon malencontreux coup de fusil venait de réveiller.

« Que vous tirez maintenant les chapeaux de gendarme? me dit-il avec cet accent qui distingue l'institution.

— Gendarme, je vous assure!... répondis-je en balbutiant.

— Et même que vous l'avez touché en pleine cocarde!

— Gendarme... j'ai cru... que c'était un lièvre!... Une illusion!... D'ailleurs, j'offre de payer...

— Vraiment!... Que c'est très cher, un chapeau de gendarme... surtout si on le tire sans permis! »

Je devins pâle. Tout mon sang me reflua au cœur. C'était là le point délicat.

« Que vous avez un permis? me demanda Pandore.

— Un permis?...

— Oui! un permis! Vous savez bien ce que c'est qu'un permis? »

Eh bien, non! je n'avais pas de permis! Pour un seul jour de chasse, j'avais cru pouvoir me dispenser d'en prendre. Mais je crus aussi devoir affirmer ce qu'on affirme toujours en pareille occurrence : c'est que j'avais oublié mon permis.

Un sourire d'incrédulité supérieure et distinguée s'ébaucha sur la figure du représentant de la loi.

« Que je suis obligé de verbaliser! me dit-il, du ton radouci d'un homme qui entrevoit une prime.

— Pourquoi? Dès demain je vous l'enverrai, ce permis, mon brave gendarme, et...

— Oui! je sais, répondit Pandore, mais que je suis obligé de verbaliser!

— Eh bien, verbalisez, puisque vous êtes insensible à la prière d'un débutant! »

Un gendarme qui serait sensible ne serait plus

un gendarme. Celui-ci tira de sa poche un calepin
enveloppé dans un parchemin jaunâtre.

« Que vous vous nommez?... » me demanda-
t-il.

Voilà! Je n'étais pas sans savoir qu'il est d'usage,
en ces graves conjonctures, de donner à l'autorité
le nom d'un ami. Si même, à cette époque, j'avais
eu l'honneur d'être membre de l'Académie d'Amiens,
peut-être n'eussé-je pas hésité à livrer le nom de
l'un de mes collègues. Mais, je me contentai de
prendre celui d'un de mes vieux camarades de Paris,
un pianiste de grand talent. Le brave garçon, en ce
moment, sans doute, tout entier à l'exercice du
quatrième doigt, ne pouvait se douter que l'on ver-
balisait contre lui à propos d'un délit de chasse!

Pandore prit soigneusement le nom de cette vic-
time, sa profession, son âge, son adresse. Puis, il
me pria poliment de lui confier mon fusil, — ce que
je m'empressai de faire. C'était autant de moins à
porter. Je lui demandai même de comprendre le
carnier, le sac à plomb et la poire à poudre dans l'ensemble de la confiscation; mais il s'y refusa avec
un désintéressement que je regrettai.

Restait la question du chapeau. Elle fut réglée
incontinent au prix d'une pièce d'or, à la satisfaction
des deux parties contractantes.

« C'est fâcheux, dis-je, ce chapeau était bien conservé !

— Un chapeau presque neuf ! répondit Pandore. Que je l'avais acheté, il y a six ans, d'un brigadier qui prenait sa retraite ! »

Et, après l'avoir remis sur sa tête d'un geste réglementaire, le majestueux gendarme, se balançant sur la hanche, s'en alla de son côté, moi du mien.

Une heure après, j'avais atteint l'auberge, dissimulant de mon mieux la disparition du fusil confisqué, et ne soufflai mot de ma mésaventure.

Disons que mes compagnons rapportaient de leur expédition une caille et deux perdreaux pour sept. Quant à Pontcloué et Matifat, ils étaient brouillés à mort depuis leur dispute, et des coups de poing avaient été échangés entre Maximon et Duvauchelle, à propos d'un lièvre qui courait encore.

XI

Telle est la série des émotions par lesquelles j'ai passé pendant cette journée mémorable. J'avais peut-être tué une caille, peut-être tué un perdreau, peut-être blessé un paysan, mais très certainement j'avais criblé un chapeau de gendarme! Pris sans permis, un procès-verbal avait été dressé contre moi, sous le nom d'un autre! J'avais trompé l'autorité!!! Que peut-il arriver de plus à un apprenti chasseur, pour son début dans la carrière des Anderson et des Pertuiset?

Il va sans dire que mon ami le pianiste dut être fort désagréablement surpris, quand il reçut une assignation à comparaître devant le tribunal correctionnel de Doullens. J'ai su, depuis, qu'il ne lui avait pas été possible de prouver un alibi. En conséquence, il avait été condamné à seize francs d'amende, plus les frais se montant à pareille somme.

Je me hâte d'ajouter que, quelque temps après, il reçut par la poste, sous la rubrique « Restitution ». un mandat de trente-deux francs, qui l'indemnisait de ses débours. Il n'a jamais su de qui cela venait, mais la tache correctionnelle ne l'a pas moins marqué au front, et il a un casier judiciaire!

XII

Je n'aime pas les chasseurs, ainsi que je l'ai dit au début, surtout parce qu'ils racontent leurs aventures de chasse. Or, je viens de raconter les miennes. Veuillez me le pardonner. Cela ne m'arrivera plus.

Cette expédition aura été à la fois la première et la dernière de l'auteur, mais il en a conservé un souvenir qui ressemble à de la rancune. Aussi, toutes les fois qu'il rencontre un chasseur, suivant son chien, le fusil sous le bras, jamais il ne manque de lui souhaiter bonne chasse : on dit que « ça porte malechance ! »

FIN

TABLE

Paris. — Imp. Gauthier-Villars, 55, quai des Grands-Augustins.